人猿泰山全译精编插画系列（全25种）

人猿泰山
之
古城寻宝

［美国］埃德加·赖斯·巴勒斯/著
饶梦婷/译

Tarzan and the Invincible
by Edgar Rice Burroughs

上海文艺出版社
上海故事会文化传媒有限公司

图书在版编目（CIP）数据

人猿泰山之古城寻宝 /（美）埃德加·赖斯·巴勒斯
著；饶梦婷译. -- 上海：上海文艺出版社，2019
（人猿泰山全译精编插画系列）
ISBN 978-7-5321-7032-6

Ⅰ. ①人… Ⅱ. ①埃… ②饶… Ⅲ. ①长篇小说－美国－现代 Ⅳ. ① I712.45

中国版本图书馆 CIP 数据核字 (2019) 第 028780 号

书　　名：	人猿泰山之古城寻宝
著　　者：	[美国] 埃德加·赖斯·巴勒斯
译　　者：	李晓婧
责任编辑：	胡　捷
装帧设计：	周　睿
责任督印：	张　凯
出　　版：	上海文艺出版社
出　　品：	上海故事会文化传媒有限公司
	（200020　上海市绍兴路74号　www.storychina.cn）
发　　行：	上海文艺出版社发行中心
	（上海市绍兴路50号）
印　　刷：	上海中华印刷有限公司
开　　本：	889毫米x1194毫米　1/32　印张7
版　　次：	2019年6月第1版　2019年6月第1次印刷
ISBN：	978-7-5321-7032-6/I·5624
定　　价：	25.00元

版权所有·不准翻印

上海故事会文化传媒有限公司 出品（00851）www.storychina.cn

上海故事会文化传媒有限公司所有图书可办理邮购，免收邮费（挂号除外）
汇款地址：上海市绍兴路74号(200020)；　收款人：上海故事会文化传媒有限公司出版发行部
联系电话：021-64338113
如发现本书有质量问题，请与印刷厂质量科联系 T:021-60829062

人猿泰山全译精编插画系列（全25种）
编 委 会

总 策 划：夏一鸣

主　　编：黄禄善

副 主 编：高　健

编辑成员

（按姓氏笔画为序排列）

田　芳　朱崟滢　李震宇　张雅君

胡　捷　夏一鸣　高　健　黄禄善　詹明瑜　蔡美凤

百年文学经典 文化传播之最
人猿泰山驰骋的奇幻世界

黄禄善

美国文学史上不乏这样的作家：他们生前得不到学术界承认，死后多年也不为批评家看好，然而他们却写出了最受欢迎的作品，享有最大范围的读者。本书作者埃德加·赖斯·巴勒斯即是这样一位作家。自1912年至1950年，他一共出版了一百多本书，这些书涉及多个通俗小说门类，而且十分畅销，其中不少被译成多种文字，在世界各地广为流传。当代科幻小说大师亚瑟·克拉克曾如此表达对他的敬仰："埃德加·赖斯·巴勒斯具有重要地位。是巴勒斯，激起了我的创作兴趣。"另一位著名通俗小说家雷·布莱德伯利也说："埃德加·赖斯·巴勒斯也许可以称为世界历史上最有影响力的作家。"然而，正是这个被众人交口称誉的作家，对前来采访的记者说："我不认为我的作品是'文学'。"而且，面对众多书迷的"如何走上文学道路"的提问，他也只是轻描淡写地回答："那是因为我需要钱。我35岁时，生活中的一切尝试都宣告失败，只好开始搞创作。"

确实，埃德加·赖斯·巴勒斯在从事文学创作前，有过一段十分坎坷的生活经历。他于1875年9月1日出生在美国芝加哥，父亲是南北战争期间入伍的老兵，后退役经商。儿时的巴勒斯对未来充满了幻想，曾对人夸口说父亲是中国皇帝的军事顾问，自己住在北京紫禁城，并在那里一直待到10岁才回国。但是，后来的事实表明，这一良好愿望只不过是一团泡影。从密歇根军事学院毕业后，他在美国骑兵部队服役，不久即为谋生四处奔波。他先后尝试了许多工作，包括警察和推销商，但均不成功。1900年，他和青梅竹马的女友结婚，之后两人育有两儿一女。接下来的日子，埃德加·赖斯·巴勒斯是在贫困中度过的。为了养家糊口,他开始替通俗小说杂志撰稿。他的第一部小说《在火星的卫星下》于1912年分六集在《故事大观》连载。这部小说即刻获得了成功,为他赢得了初步的声誉。同年,他又在《故事大观》推出了第二部小说,亦即首部"泰山"小说。这部小说获得了更大成功。从此,他名声大振,稿约不断,平均每年出版数部书。第二次世界大战期间,他以66岁的高龄奔赴南太平洋,当了战地记者。1950年3月19日,埃德加·赖斯·巴勒斯因心力衰竭在美国逝世。

埃德加·赖斯·巴勒斯是美国文学史上第一个重要的通俗小说家。他一生所创作的通俗小说主要有四大系列。第一个是"火星系列",包括《火星公主》《火星众神》和《火星军魁》。该"三部曲"主要讲述一位能超越死亡界限、神秘莫测的地球人约翰·卡特在火星上的种种冒险经历。第二个系列为"佩鲁塞塔历险记",共有七部。开首是《在地心里》,以后各部依次是《佩鲁塞塔》《佩鲁塞塔的塔纳》《泰山在地心里》《返回石器时代》《恐惧之地》《野蛮的佩鲁塞塔》,主要讲述主人公佩鲁塞塔在钻探地下矿藏时,不小心将地壳钻穿,并惊讶地发现地球核心像一个空心葫芦,那里住着许多原始人,还有许多古生动物和植物。1932年,《宝库》杂志开始连载埃德加·赖斯·巴勒斯的第三个系列,也即"金星系列"的首部小说《金星上的海盗》。该小说由"火星系列"衍生而出,但情节编排完全不同。主人公卡森·内皮尔生在印度,由一位年迈的神秘主义者抚养成人,并被教给各种魔法,由此开始了金星上的冒险经历。该系列的其余三部小说是《金星上的迷失》《金星上的卡森》和《金星上的逃脱》。第五部已经动笔,但因"二战"爆发而搁浅。

尽管埃德加·赖斯·巴勒斯的"火星系列""佩鲁塞塔历险记"和"金星系列"奠定了他的美国早期重要通俗小说作家的地位,但他成就最大、影响也最大的是第四个系列,也即"人猿泰山系列"。该系列始于1912年的《传奇诞生》，终于1947年的《落难军团》，外加去世后出版的《不速之客》，以及根据遗稿整理的《黄金迷城》，总共有25种之多。中心人物泰山是一个英国贵族后裔，幼年失去双亲，由母猿卡拉抚养长大。少年泰山不仅学会了在西非原始森林的生存本领，还具有人类特有的聪慧。凭着这一人类特性，他懂得利用工具猎取食物，并从生父遗留下来的看图识字课本上认识了不少英文词汇。随着时光流逝，他邂逅美国探险家的女儿简·波特，于是生活发生急剧变化，平添了无数波折。接下来的《英雄归来》《孤岛求生》等续集中，泰山已与简·波特结合，生了一个儿子，并依靠巨猿和大象的帮助，成了林中之王，又通过一个非洲巫师的秘方，获取了长生不老之术。再后来，在《绝地反击》《智斗恐龙》《真假狮人》《神秘豹人》等续集中，这位英雄开始了种种令人惊叹的冒险，足迹遍及整个西非原始森林、湮没的大陆。

从小说类型看，"人猿泰山系列"当属奇幻小说。西方最早的奇幻小说为英雄奇幻小说，这类小说发端于古希腊荷马史诗《伊利亚特》和《奥德赛》，成形于19世纪末英国小说家威廉·莫里斯的《世界那边的森林》，其主要模式是表现单个或群体男性主人公在奇幻世界的冒险经历。他们多为传奇式人物，有的出身卑微，必须经过一番奋斗才能赢得下属的尊敬；有的是落难王子，必须经过一番曲折才能恢复原有的地位。在冒险中，他们往往会遭遇各种超自然邪恶势力，但经过激烈较量，正义战胜邪恶，一切以美好告终。人猿泰山显然属于"落难王子"型主人公。他本属英国贵族后裔，却无端降生在无名孤岛，并险些丧命。在人迹罕至的西非原始森林，他与野兽为伍，经历了难以想象的生存危机。终于，他一天天长大，先后战胜大猩猩和狮子，又打死猿王克查科，并最终成为身强力壮、智慧超群的丛林之王。值得注意的是，埃德加·赖斯·巴勒斯在描写人猿泰山的这些经历时，并没有简单地套用英雄奇幻小说的模式，而是融入了自己的创造。一方面，他删去了"魔法""仙女""精灵"等超自然因素；另一方面，又增加了较多的现实主义成分。人们在阅读故事时，并不觉得是在虚无缥缈的奇幻天地漫步，而是仿佛置身栩栩如生的现实主义世界。正因为如此，"人猿泰山系列"比一般的纯英雄奇幻小说显得更生动、更令人震撼。

毋庸置疑，人猿泰山驰骋的奇幻世界是"人猿泰山系列"的又一大亮点。在构筑这一虚拟背景时，埃德加·赖斯·巴勒斯显然借鉴了亨利·哈格德的创作手法。亨利·哈格德是19世纪英国著名小说家，自80年代中期起，他根据自己在非洲的探险经历，创作了一系列以"遗忘的年代，湮没的城市"为特征的奇幻作品。譬如《所罗门王的宝藏》，述说一个名叫阿兰的猎手在两千多年前的奇幻王国觅宝，几经曲折，终遂心愿。又如《她》，主人公是非洲一个奇幻原始部落的女统治者，她精通巫术，具有铁的统治手腕，但对爱情的执着酿成了她一生最大的悲剧。"人猿泰山系列"的故事场景设置在人迹罕至的原始森林，在那里，虎啸猿鸣，弱肉强食，险象环生。正是在这一极端恶劣的环境中，泰山进行了种种惊心动魄的冒险。在后来的续篇中，埃德加·赖斯·巴勒斯还让泰山的足迹走出西非原始森林，到了传说中的亚特兰蒂斯、废弃的亚马孙古城，甚至神秘的太平洋玛雅群岛。所有这些埃德加·赖斯·巴勒斯笔下的荒岛僻壤，与《所罗门王的宝藏》《她》中"遗忘的年代，湮没的城市"如出一辙。

如果说，亨利·哈格德的"遗忘的年代，湮没的城市"给"人猿泰山系列"提供了诡奇的故事场景，那么给这个场景输血补液的则是西方脍炙人口的动物小说。据埃德加·赖斯·巴勒斯的传记，儿时的他曾因体弱多病辍学，并由此阅读了大量西方文学著作，尤其是鲁德亚德·吉卜林的《丛林故事》、欧内斯特·西顿的《野生动物集》、杰克·伦敦的《野性的呼唤》。这些小说集动物故事、探险故事、寓言故事、爱情故事、神秘故事于一体,给埃德加·赖斯·巴勒斯以深刻印象。事实上,他在出道之前,为了给自己的侄儿、侄女逗乐,还写了一些类似的童话故事,其中一篇还在《黑马连环漫画》上刊登。西方动物小说所表现的是达尔文和斯宾塞的"物竞天择""适者生存",体现了自然主义创作观。以杰克·伦敦的《野性的呼唤》为例,主要角色布克原是法官的看家狗,过着养尊处优的生活。但有一天,它被盗卖,并辗转来到冰天雪地的阿拉斯加,当起了运输工具。在那里,布克感到自然法则无处不在:狗像狼一般争斗,死亡者立刻被同类吃掉。但它很快学会了生存,原始的野性和狡诈开始显现,并咬死了凶残的领头狗,最终为主人复仇,加入了荒野的狼群。"人猿泰山系列"尽管将"弱肉强食"的雪橇狗变换成了虎、狮、猿以及由猿抚养长大的泰山,但这些人猿、半人半兽之间的殊死争斗同样表现出"生存斗争"的残忍。特别是泰山攀山越岭、腾掠树梢,战胜对手后仰天发出的一声长啸,同杰克·伦敦笔下布克回到河边纪念它的恩主被射杀时的长嚎简直有异曲同工之妙。

鉴于"人猿泰山系列"成书之前曾在《故事大观》《宝库》等杂志连载,不可避免地带有杂志文学的某些缺陷,如情节雷同、形象单调,等等。历来的文论家正是根据这些否定"人猿泰山"的文学价值,否定埃德加·赖斯·巴勒斯的文学地位。但"二战"以后,尤其是20世纪70年代之后,随着西方通俗文化热的兴起,学术界对于"泰山"小说的看法有了转变,许多研究者都给予积极评价,肯定埃德加·赖斯·巴勒斯的美国奇幻小说鼻祖地位。而且,"读者接受"是评价一部作品的最佳试金石。"人猿泰山系列"刚一问世,即征服了美国无数读者,不久又迅速跨出国界,流向英国、加拿大和整个西方。尤其在芬兰,读者简直到了如痴如醉的地步。一本本英文原著被译成芬兰语,一版再版,很快取代其他本土小说,成为最佳畅销书。更有甚者,许多西方作家,包括芬兰、阿根廷、以色列以及部分阿拉伯国家的作家,在埃德加·赖斯·巴勒斯去世后，模拟他的套路，创作起了这样那样的"后泰山小说"。世纪之交，埃德加·赖斯·巴勒斯的"人猿泰山系列"再度在西方发酵，以劳雷尔·汉密尔顿、尼尔·盖曼、乔·凯罗琳为代表的一大批作家，基于他的"泰山"小说模式，并结合其他通俗小说要素，推出了许多新时代的奇幻小说——城市奇幻小说，并创造了这类小说连续数年高踞《纽约时报》畅销书排行榜的奇观。而且，自 1918 年起，"泰山"小说即被搬上银幕。以后随着续集的不断问世，每年都有新的"泰山"影片上映和电视剧播放，所改编的影视版本之多，持续时间之长，观众场面之火爆，创西方影视传播界之"最"。2016 年，华纳兄弟影业又推出了由大卫·叶茨导演、亚历山大·斯卡斯加德等众多知名演员加盟的真人 3D 版好莱坞大片《泰山归来：险战丛林》。21 世纪头十年，伴随迪士尼同名舞台剧和故事软件的开发，"泰山"游戏又迅速占领电脑虚拟世界，成为风靡全球的少年儿童宠爱对象。此外，西方各国还有形形色色的"泰山"广播剧、"泰山"动漫、"泰山"玩偶，等等。总之，今天的"泰山"早已超出了一个普通小说人物概念，成了西方社会的一种文化符号、一种文化象征。

优秀的文化遗产是不分国界的。为了帮助中国广大读者欣赏埃德加·赖斯·巴勒斯、读懂埃德加·赖斯·巴勒斯，了解当今风靡整个西方的奇幻小说的先驱，上海故事会文化传媒有限公司组织翻译了这套"人猿泰山系列"，这也将是国内第一套完整的"人猿泰山系列"。译者多为沪上高校翻译专业教师，翻译时力求原汁原味、文字流畅，与此同时，予以精编、插画。相信他们的努力会得到认可。

目 录

前言	人猿泰山驰骋的奇幻世界	1
1	小奇玛	001
2	印度人	012
3	复活	026
4	闯入狮洞	040
5	欧帕城墙	050
6	背叛	062
7	搜寻无果	076
8	阿布·巴特叛变	091
9	被困欧帕死牢	101
10	女祭司的爱情	112
11	丛林迷失	123

12	危机四伏的小路	135
13	狮人	146
14	击落	156
15	"杀呀，大象，杀呀！"	170
16	"回头！"	180
17	修复鸿沟	193

人物介绍

兹弗里：远征队首领，俄国人，贪婪残暴，策划着惊天的阴谋。

卓拉：远征队成员，俄国人，冷静机智，坚强勇敢。

科尔特：远征队成员，美国人，为人正直，勇敢善良。

拉：欧帕最高女祭司，美丽善良，遭遇背叛，被篡权夺位，是泰山忠实的朋友。

罗梅罗：远征队成员，墨西哥人，勇敢果断。

阿布·巴特：远征队成员，阿拉伯酋长，小气易怒，奸诈狡猾。

基特伯：远征队成员，巴森伯人，负责组织当地士兵和搬运队。

莫里：菲律宾人，科尔特的跟随者，质朴忠心。

伊维奇：远征队成员，俄国人，自私狡猾。

贾法尔：远征队成员，东印第安人，目中无人，贪婪好色，对卓拉不安好心。

诺亚：欧帕女祭司，设计陷害拉，夺走拉最高女祭司之位。

娜奥：欧帕女祭司，对科尔特一见倾心，并为他提供了帮助。

穆维罗：瓦兹瑞部队领袖，泰山的朋友，帮助泰山阻止兹弗里的阴谋。

Chapter 1

小奇玛

  我不是历史学家,也不是编年史家。我认为幻想小说家的创作内容,应该避免某些学科领域,尤其是政治和宗教,我对此坚定不移。于我而言,只要能清楚地向读者传达故事是虚构而成的,就算偶尔借鉴某个不应涉及的内容,也并非是不道德的表现。

  如果我接下来要讲的故事,突然出现在两个欧洲国家的报纸上,或许会引发更加可怕的世界战争,但这并不是我很在意的。我感兴趣的是,这是一个精彩的故事,加之,《人猿泰山》中,许多情节惊心动魄,扣人心弦,很满足我的创作需求。

  故事里没有干巴巴的政治历史,所以阅读时不会感到枯燥无趣,也不需要绞尽脑汁破译故事里某些人物地点的名字,因为这些都是我虚构的。为了维护世界和平,避免战争,在我看来,更改隐藏这些人物地点的名称很有必要。这个故事,简单地说,又是一个关于泰山的故事,如您所愿,故事充满乐趣,可以作为娱乐消遣，若能从中收获精神财富，那便再好不过了。

过去报纸上刊登了一条新闻，这条新闻并不引人注目，你们中很少有人读过，就算读过，也几乎没有人会记得。这条新闻报道了：传闻法国殖民军队驻扎在索马里兰——位于非洲东北海岸，他们入侵了意属非洲殖民地。这个故事就是以这则新闻作为背景，讲述了有关阴谋、背叛、冒险和爱情的故事，这个故事中有坏蛋、愚人、勇士、美女，还有丛林野兽。

如果确实没有人看过报纸上的新闻——位于非洲东北海岸的意属索马里兰遭到侵袭，那么同样没人知道发生在内陆的一起事件。这个事件令人触目惊心，就发生在索马里兰事件的一段时间前，它或许和欧洲国家的阴谋有联系，或许关系到各个国家的前途命运，但事实上，它和这些都毫不相干。因为引发骚乱的其实是一只小得不能再小的猴子，此时它正穿过丛丛树冠，飞快逃跑，嘴里还发出惊恐的叫声。这只猴子叫小奇玛，它正被一只猴子追赶，追赶它的这只猴子体型庞大，狂暴不堪，体型比小奇玛要大得多。

幸运的是，为了欧洲和世界的太平，大猴子追赶速度同它粗鲁的性格不成正比，因此，小奇玛逃过了一劫。大猴子放弃追赶后，小奇玛仍拼命地沿着树冠奔逃，一边还发出尖锐刺耳的叫声，看来小奇玛日常主要的两个活动就是恐慌和逃跑了。

小奇玛最终停了下来，或许是因为跑累了，不过中途停下来更可能是因为踩到毛毛虫，或是撞到了鸟巢，它冲着丛林上方摇荡的枝条大喊大骂。

小奇玛似乎出生在一个非常可怕的世界，它一天到晚都在控诉这个世界，在这点上倒是有点人类的样子。在它眼里，这个世界还有各种体积庞大，残忍凶猛的动物，这些动物都爱捕猴子为食，它们分别是狮子、黑豹、毒蛇，是动物三巨头。无论在高耸的树顶还是在地面上,小奇玛觉得整个世界都充斥着危险。另外还有大猩猩、小猩猩、狒狒和其他各种各样、数不胜数的猴子,这些动物的体型比小奇玛都要庞大,它们似乎都对小奇玛心怀怨恨。

就说说刚才一直追赶它的那只狂暴粗鲁的猴子吧。当那只大猴子在树杈上睡觉时,小奇玛只不过朝它扔了一根树枝,它便对小奇玛穷追不舍。因为那只大猴子认定小奇玛蓄意杀害它——我这么说,并非有意真的这么想小奇玛。小奇玛从没有想过,换作其他人也不会想到,幽默感就像美女一样,有时候会害自己送命。

它心里一直想着生命的不公,感到非常难过。其实,还有其他让它难过沮丧的原因。好些天以前,它的主人离开了。小奇玛的主人走之前,把它安置在一个舒适美好的家庭里,在那里有好心善良的人照顾它,但是它还是想念塔曼加尼,他们赤裸的肩膀是它的庇护港湾,有了这个庇护港湾,小奇玛可以大胆地咒骂这个可怕的世界,不会因此受到一丝一毫的伤害。而如今,很长一段时间里,小奇玛为了寻找它亲爱的主人泰山,一个人勇敢地面对森林的危险。

因为心的大小是按情感和忠诚来衡量的,而不是用一英寸直径来衡量,所以小奇玛的心非常之大,而相比之下,普通人将自己的心和自己隐藏起来,他们小小的胸脯下一直隐藏着极大的痛苦。小奇玛就很幸运,它头脑简单,即便痛苦万分,也很容易分心。当它陷入沉思,会突然被蝴蝶或美味的幼虫吸引注意,这当然再好不过了,不然它会因难过的事情悲伤欲绝的。

此时,它想着郁闷的事情渐渐陷入了沉思。突然丛林里吹来一阵风,转移了小奇玛的注意,它灵敏的耳朵听到了一种声音,与生俱来的本能告诉它,这不是丛林里常听到的声音。这个声音嘈杂不堪,极不协调,怎么会在丛林里听到?是人类,小奇玛听

小奇玛 | 003

到的是人类的声音。

小奇玛悄悄地穿过树林，朝声音传来的方向溜去。很快声音越来越响，它终于找到了可以证实声音来源的证据，这便是脚印留下的气味。小奇玛和丛林其他动物一样都是通过气味来辨认对方的身份。

假设，你的狗根据外表认出了你，但这还不够，只有当它灵敏的鼻子嗅出了你的气味，它才能完全确定你是它的主人。

小奇玛也是如此，它的耳朵觉察到有人类出没，现在通过嗅觉，完全确信人类就在附近。小奇玛把人类看作巨猿，这些人是高曼加尼，可以称作大黑猿，也可以称作黑人。其中还有塔曼加尼，对于小奇玛来说，他们是大白猿，也就是白人。

小奇玛期望在这里能嗅到泰山的气味，但它并没有闻到——其实在看到这些外来人之前，小奇玛就知道泰山不在当中。

它从附近的树上往下看，发现了一个营地。搭建营地非一夜之功，很明显，这个营地已经搭建了好几天，看样子还要停驻一段时间。营地里有白人住的帐篷，还整齐地排放着阿拉伯人的帐篷，这些帐篷几乎是以军队标准安置的，另外后面还有黑人的住处，他们的住所是就地取材，随便搭建的。

几个穿着白色连帽斗篷的贝都因人坐在阿拉伯帐篷前，喝着咖啡。喝咖啡是他们每天必不可少的。四个白人坐在一个帐篷前的大树荫下，他们专心致志地玩着扑克。另外有一群强壮结实的盖拉族士兵在帐篷间玩播棋。营地里还有一些其他部落的黑人，他们分别是东非的、非洲中部地区的，还有少数西海岸的黑人。

这群人种族混杂，肤色各异，即便是经验丰富的非洲旅行家和猎人，都很难把这群人区分开来。大多数黑人都能证明一个事实：他们所有人都是搬运工。他们要运送营地重物，每个人还要分担一小部分行李，除此之外，还要搬运民兵们过重的行李。民兵只要拿着自己的枪支和军火，不需要搬运任何重物。

他们拥有大量枪支，足以保护比他们规模更大的队伍。的确，每个人都有一把枪支。但是小奇玛并不在意这些微小的细节，它在意的是，主人统治的国家闯入了许多外来者。所有的外来人对小奇玛来说都是敌人。它开始躁动不安，现在找到泰山比以往任何时候都更迫切。

雷格休纳·贾法尔皮肤黝黑，包着头巾，是一个东印第安人，此时他盘腿坐在帐篷前，看起来陷入了沉思。如果看到了他那双黝黑、色眯眯的眼睛，就会发现他并不在内省沉思，他的眼睛专注地盯着另一只帐篷，这只帐篷离其他帐篷不远。这时一个女孩从他一直盯着的帐篷里走了出来，贾法尔站起身来，朝她走去。他跟女孩说话时，露出狡黠的微笑，但她没有报以微笑，只是礼貌回应他。女孩没有停下来，继续往前走，朝正在玩牌的四个男人走去。

女孩走到牌桌前，男人们纷纷抬起头，他们看见她时，各个脸上露出类似愉悦的神情。不管他们脸上的表情是否相同，都无须在意，人脸就是一张张面具，我们训练如何隐藏自己的真实想法，不将其暴露出来。然而，从他们的脸上，可以明显看出，女孩很受这帮男人欢迎。

"你好呀，卓拉！"一个男人跟她打招呼，这个人身材高大，态度和蔼，"你休息得还好吗？"

"同志，我睡得很好，"女孩回答说，"一直在帐篷里休息，都腻了，再不出来活动，简直要无聊透了。"

"我也这么认为。"男人赞同地说。

"兹弗里同志，那个美国人你还打算等他多久？"贾法尔问道。

小奇玛 | 005

"我们不能少了他。"大个子男人耸了耸肩说道,"虽然远征行动可以没有他,但这个美国人腰缠万贯,出身高贵,他的情况非常符合远征计划,所以他值得我们等待。"

"兹弗里,那个外国佬我们能信得过吗?"一个皮肤黝黑的墨西哥年轻人问道,他坐在那个身材高大、态度和善的男人身边,这个男人很显然是这个探险队的首领。

"我们曾在纽约见过面,后来又在旧金山见过,"兹弗里说道,"我认真考察过他,这个人应该值得我们信任。"

"我总是对这些家伙心生怀疑,这帮人对资本主义心存感激,"罗梅罗说,"他们流着资本主义的血,打心里痛恨无产阶级,就像我们仇恨他们一样。"

"罗梅罗,这个家伙非比寻常,"兹弗里坚持说道,"我们完全争取到了他的支持,他为了项目事业要背叛自己的父亲,并且已经背叛了自己的国家。"

卓拉·德里诺弗听到他们正谈论着还没到集合地的最后一名成员。她撇了一下嘴巴,露出不经意的讥笑,旁人毫无察觉。

这个墨西哥人叫米格尔·罗梅罗,他仍不信任那个美国人,"外国佬对我一点用处都没有。"他说道。

兹弗里耸了耸沉重的肩膀,说:"个人仇恨对工人阶级一点好处都没有。等科尔特到了,我们必须接受他成为我们的一分子,要记住,无论我们多么憎恨美国和美国人,没有他们和他们的财富,就不可能形成今天这个世界。"

"但他们的财富是从工人阶级的血和汗中压榨出来的!"罗梅罗大声吼道。

"的确是这样,"贾法尔赞同地说道,"我们应该利用这样的财富,削弱、推翻美国资本主义,让工人们登上历史舞台,这将再合适不过。"

"和我想的完全一样，"兹弗里说道，"相对于其他国家，我更愿意用美国人的黄金，其次用英国人的金钱来推行我们的事业。"

"可是那个美国人微不足道的资源对我们有何作用？"卓拉追问道，"和美国向苏联投入的资源相比，他的资金简直少得可怜。有些人为加快共产世界脚步，背叛国家，为事业做出了巨大贡献，甚至比第三国际本身付出的还多。和他们相比，那个美国人所做的微不足道，根本不值一提。"

"卓拉，你这话什么意思？"罗梅罗问道。

"我是说，那些美国的银行家、制造商、工程师为了给自己鼓鼓囊囊的金库继续添金，出卖国家，出卖世界。一个虔诚且备受称赞的美国人正在给苏联建设大型工厂，为我们制造牵引机和坦克。美国的制造商竞相为我们供应用来制造成千上万架飞机的发动机。美国的工程师出售脑力和技术，为我们建设了一座宏伟现代的制造业城市，生产战争所需的军火和发动机。这些人才是真正的叛国者，他们的帮助加快了这一天的到来——那一天莫斯科将会决定世界政策。"

"听起来你似乎感到遗憾啊。"她身后传来嘶哑的声音。

女孩迅速地转过身，说道："噢，阿布·巴特酋长，原来是你啊。"她认出了这个皮肤黝黑的阿拉伯人，他喝完咖啡后在附近溜达。卓拉继续说道："虽然我们从敌人的背信弃义中捞到些好处，但这不会蒙蔽我的眼睛，就算我从中获利，也不会对叛国者心生好感。"

"那些人中也包括我吗？"罗梅罗怀疑地质问道。

卓拉笑了笑，说道："罗梅罗，你心里应该更清楚吧。你属于工人阶级，对自己国家的工人们忠心不二，但那些人属于资产阶级，他们的国家是资本主义国家。他们从未承认过我们的政府，和我们的信念背道而驰。这帮猪猡贪得无厌，为了一身铜臭，出卖人民，出卖国家，我厌恶这些人。"

兹弗里笑着说："卓拉，你真是一名优秀的红军啊，"他继续大声说道，"敌人阻碍我们事业，你恨他，敌人帮助我们，你也恨他。"

"憎恨和空话根本无济于事，"女孩说，"我希望我们能做些什么。坐在这里干等，根本徒劳无用。"

"你想让我们做什么？"兹弗里问道。

"至少我们要先去欧帕找黄金，"女孩说道，"如果真像基特伯说的，那里的黄金很多，能为你计划的多次远征行动提供资金，那我们就用不着这个美国人来资助我们。大家都怎么称呼这些美国人来着？逸乐丧志的人？"

"我一直都这么想。"贾法尔说道。

兹弗里怒气冲冲地说道："也许还有其他人愿意加入这次远征，"他粗暴地说道，"我很清楚自己在做什么，没必要把我的计划都和你们商量。一旦我发号施令，其他人都会执行。基特伯接受了我的命令，这几天在为去欧帕的远征做准备。"

"兹弗里，我们其余的人和你一样，都很重视这次远征，愿意为此冒险，"罗梅罗坚定地说，"但不管是首领还是仆人，大家都要团结一致。"

"你很快就会清楚我才是你们的首领。"兹弗里带着敌意的语气，愤声说道。

"是的，"罗梅罗讥笑了一声，"凯撒和奥布雷贡也是首领，你知道他们的下场是什么吗？"

兹弗里气得跳了起来，迅速掏出左轮手枪，对准罗梅罗，这时卓拉推开他的手臂，冲到他们中间，大声喊道："兹弗里，你疯了吗?"

"卓拉,你不要插手,这是我的事,这件事早晚都要解决。在这里我是首领,我不允许我的营队里出现叛徒,你闪开。"

"我不,"女孩斩钉截铁地说,"罗梅罗是有错,但你也有,你要杀他,他可是我们自己人,你这么做我们的计划肯定会失败。要是黑人知道了你和他们有纠纷,只会引起大家的愤怒和怀疑,你会失去他们对你的尊重。"

"再说,米格尔没带武器,你开枪射他是小人行径。远征队每一个正直的人,你都会失去他们对你的尊重。"她说话语速飞快,讲的是俄语,在场只有兹弗里和她自己听得懂。接着她转过身来,用英语对罗梅罗说:"罗梅罗,你这么说就不对了。"她说话的语气很温柔,"队伍里只有一名承担责任的首领,兹弗里同志是我们大家选出来的。他为刚才的行事鲁莽感到抱歉,你也要为你说的话向他道歉,你们握手言和,这件事就算过去了。"

有那么一瞬,罗梅罗犹豫了,之后他向兹弗里伸出手:"对不起。"

兹弗里握住他伸出的手,僵硬地鞠了一个躬。

"同志,之前的事就当过去了。"兹弗里说道,依旧阴沉着脸,但是罗梅罗的脸比他还要阴沉。

小奇玛打了个呵欠,尾巴挂在树枝上荡来荡去。它对这些敌人已经丧失了好奇心,对他们提不起兴趣了,但它知道必须尽快让主人了解他们的存在。小奇玛一想到主人泰山,又回想起难过的事情,它极度渴望找到泰山,终于,小奇玛再次下定决心继续寻找。或许不到半个小时,它就会因琐碎之事转移注意,但当务之急就是找到泰山。它在森林里摇荡,现在整个欧洲的命运正握在它的手里。可它全然不知。

下午渐渐过去，远处一只狮子突然发出了一声咆哮，小奇玛本能地后背发抖。其实，它并没有感到非常害怕，它知道，狮子是爬不上树顶的。

一个年轻的男人走在队伍的前面，抬起头听着，他说道："托尼，离目的地不远了。"

"是的，先生，就在附近了。"菲律宾人回答说。

"托尼，和大家会合前，必须改掉叫我'先生'的习惯。"年轻男人提醒道。

菲律宾人露齿笑着说："好的，同志。"他对那个男人说的话表示赞同，"我已经习惯称呼别人'先生'，要我改掉这个习惯太难了。"

"托尼，那你恐怕不是一名优秀的红军了。"

"噢，我当然是优秀的红军，"菲律宾人坚定地说道，"不然我为什么要来这里？这个被上帝抛弃的国家，到处都是狮子、蚂蚁、毒蛇、苍蝇和蚊子，你以为我来这里就是为了散个步？我放弃自己的生活，就是为了菲律宾的独立而来。"

"托尼，你的品格太高尚了，"年轻人正色说道，"菲律宾独立运动进展到了什么程度？"

安东尼奥·莫里挠了挠脑袋："我不知道，不过这件事给美国惹上了麻烦。"

小奇玛从高高的树顶上穿过他们走的小路，它停下来看了他们一会儿，接着往相反的方向，又开始继续寻找泰山的旅程。

过了半个小时，狮子又开始咆哮，声音很近，小奇玛感到十分不安。突然一阵雷鸣般的怒吼声从下面的丛林里传来，小奇玛吓得差点从经过的树上掉下去。它吓得叫了起来，惊慌地往高处蹿去，最后坐了下来，气冲冲地大喊大骂。

这只雄狮长满长毛,威风凛凛,走到树下的空地上。小奇玛正抱紧树枝,浑身颤抖。这时狮子又发出一声长吼,使出浑身解数,声音惊天动地。这时小奇玛往下面看着它,停止了喊骂。突然,它又激动地跳起来,一边扮鬼脸,一边喋喋不休,狮子听到了声音往上看。接着神奇的事情发生了,小奇玛突然停了下来,发出低沉而奇怪的声音。狮子刚刚还凶狠犀利的眼神,顿时变得温柔起来。它突然把背拱了起来,惬意地将身体紧靠树干,凶狠的嘴里竟发出温柔的咕噜声。这时,小奇玛顺着树的叶子迅速地蹦了下来,最后灵活一跳,落在野兽之王厚密的长毛上。

Chapter 2

印度人

第二天，远征队营地的行动状况和昨天不太一样。贝都因人今天没有喝咖啡，几个白人把扑克牌收起来了，盖拉族的士兵们也不再玩播棋。

兹弗里坐在折好的桌子后面，指挥他的助手。卓拉和贾法尔帮助兹弗里一起分发军火，他们把军火分发给从身边排队经过的一列士兵。搬运工们正在分配各自承担的重物，罗梅罗和剩下的两个白人负责监督他们。基特伯在他部下面前走来走去，早餐做得很迟，于是基特伯一面催促懒散的手下生火做饭，一面将拿到军火的士兵部署成队。

阿布·巴特酋长和他的士兵已经准备就绪，他们蹲在一旁，轻蔑地看着其他人杂乱无章地做着准备。

"你们有多少人留下看守营地？"卓拉问道。

"你和贾法尔同志留在这儿管理，"兹弗里回答说，"你的部下还有十个民兵留下来看守营地。"

"这些已经足够了,"女孩说道,"附近没有危险。"

"是没有,"兹弗里赞同地说道,"是现在没有危险,要是泰山在这里,情况就不一样了。我费尽心思打探情况,确定泰山不在这里,才将这片区域作为大本营的地点。我了解到泰山消失了,而且消失了很长一段时间,听说他进行了一次愚蠢的飞船远征,这个玩意我从没听说过,不过几乎可以确定,他已经死了。"

黑人们收到军火后,基特伯站在离其他人较远的地方,把部落的人召集起来,这些人都是巴森伯人。他们的首领基特伯用自己部落的方言,跟他们小声地说了很长时间。

基特伯憎恨所有的白人。英国人占领了他们的土地,那里很久以前就是他们的家园。基特伯是部落世袭的首领,他和侵略者的统治互不相容,所以他的首领之位被侵略者罢免,他们又重新推举了一个傀儡酋长。

在基特伯——这个野蛮残忍、背信弃义的酋长——眼里,所有的白人都令人深恶痛绝。但是,他在兹弗里身上,看到了报复英国人的希望。于是基特伯把部落的人召集起来,招募他们加入远征队。兹弗里许诺,会把他们的土地从英国人手中夺回来,帮基特伯重新登位,并且许诺他会获得比过去的首领都要至高无上的权力和荣耀。

然而,基特伯要利用这个远征计划,获得部落族人的信任并不容易。英国人极大地削弱了他的权力和影响力,以前士兵们像奴隶般,对基特伯言听计从,如今却公然质疑他的权威。其实,只要远征和短途行军一样,没有巨大的艰难险阻,有舒适的营地可以住,有充足的食物可以吃,而且还有西海岸的黑人,以及不如巴森伯人英勇善战的其他部落人员愿意帮他们搬运重物、做所

印度人 | 013

有苦力活，士兵们对远征行动也没有异议。

而如今，奋斗的道路虚无缥缈，有些人想知道究竟能从远征中捞到什么好处，显然没有人愿意为了满足兹弗里的野心，完成基特伯的报复而冒生命危险。

为了安抚他们不满的情绪，基特伯正对他的士兵进行长篇大论的劝说，告诉他们要么继续服从命令，获得战利品，要么不服领导，遭受残酷的惩罚。兹弗里和远征队的其他成员要是听得懂巴桑伯人的方言，知道基特伯用战利品诱惑他的部下，一定会感到惶恐不安。而士兵们对基特伯唯命是从的主要原因是，他们非常畏惧他，大多数人仍想取悦这个冷酷无情的首领。

远征队里的黑人，还有一些部落的亡命之徒，以及相当数量的搬运工，他们通过一般途径，受雇加入这个队伍。队伍正式命名为科学远征队。

阿布·巴特和他的士兵只是暂时表现出对兹弗里忠心耿耿的样子，他们这么做有两个目的，一是企图得到金子，二是他们憎恨所有以英国势力为代表的外国人。这些人活跃在埃及和沙漠一带，认为那里是他们祖先的地盘。

其他种族的远征队员加入兹弗里进行远征，看似出于高尚的人道主义志向。而实际上，他们的首领告诉他们，这次远征主要是为了获得个人财富和权力，而不是为了升华兄弟情义，也不是为了维护工人阶级的权利。

在这个阳光明媚的早晨，远征队伍为掠夺宝藏向神秘的欧帕出发了。他们队形松散，但气势依然令人震撼。

卓拉目送着他们离开，她那双美丽动人、难以捉摸的眼睛紧紧地盯着兹弗里，直到他沿着河道，朝着漆黑的森林走去，最终消失在视线中。

卓拉就像一位担惊受怕的少女,目送着外出执行危险任务的爱人离开。

"也许他回不来了。"在她身后有人说话,声音油腔滑调。

女孩转过头,看到贾法尔,他半眯着眼睛。"他一定会回来的,"她说道,"他一定会回到我身边的。"

"你对他很有信心嘛。"男人不怀好意地说道。

"这是肯定的。"女孩一边说道,一边朝她帐篷走去。

"等一下。"贾法尔说。

她停下来,转身问道:"你到底要干吗?"

"我要得到你,"他说,"那个粗鲁的家伙,卓拉你到底看上他哪一点?他这种人哪懂什么爱和美?我不一样,我懂得欣赏你。你就像清晨娇艳的花朵,跟我在一起吧,你能得到至高无上的爱的恩赐,我是爱情的狂热者,我懂得爱,而兹弗里就是一只野兽,跟他在一起,只会贬低你的身份。"

卓拉听了,感到十分恶心,回避了贾法尔的眼睛,因为她意识到,远征队一去或许就是好几天,这里只有几个野蛮的黑人士兵,所以这段时间里,她几乎和贾法尔单独待在这里。

卓拉并不清楚这些黑人士兵对陌生男女之间的事情会有什么看法,但她毅然决然,绝不让贾法尔得寸进尺。

"贾法尔,你真是活腻了,"卓拉平静地说,"我来这里不是为了爱情,要是兹弗里知道你对我说的那些话,一定会杀了你。再说这种话,你可以试试。"

"没必要这样。"贾法尔说道,他的回答让人难以捉摸。贾法尔眼睛半眯着,紧紧地盯着卓拉的眼睛。两个人站着将近有半分钟了,卓拉感觉愈发无力,觉得自己就要屈服了。但她坚定意志,目光紧逼到底。突然,卓拉将视线挪开,这场博弈她赢了。但是

印度人 | 015

这场胜利让她变得虚弱无力,浑身颤抖,就像刚进行了一场激烈的身体碰撞。卓拉迅速转身,飞快地向帐篷走去,她不敢回头看,害怕再次撞上贾法尔那两只阴险恶毒的眼睛。

她没有看见贾法尔撇着性感的嘴唇,露出油滑得意的笑,也没有听到他小声低语重复地说着:"没必要这样。"

远征队沿着弯曲的小路,来到悬崖脚下。峭壁山脚地势较低,形成了一片荒芜的高原,高原的那边就是古城遗址欧帕。在遥远的西边,韦恩·科尔特正向远征队营地前进。而在南边,小奇玛正坐在狮子背上,有恃无恐,有丛林动物从它们身边经过,小奇玛便冲它们喋喋不休,声音尖锐刺耳。狮子同样蔑视一切弱小的动物,趾高气扬,凭着自己无可置疑的力量,傲慢地大步向前走。一群正在吃草的羚羊,嗅到狮子身上刺鼻的味道,紧张不安地走开了。当它们看见狮子时,匆忙退到一边,为它让路。狮子还没走远,羚羊又继续低头吃草。因为羚羊知道狮子已经吃了一顿饱餐,暂时不会捕食,所以并不害怕。其实动物们知道的事情很多,而这些事情都是感官迟钝的人类所觉察不到的。

离狮子较远的地方,有一群生物,它们闻到狮子的味道,也紧张不安地走开了,但它们没有羚羊那么惊慌害怕。这群生物便是托亚特部落的巨猿。部落头领托亚特力大如牛,但是不能吓跑狮子,因此部落的母猿和小猿都会被狮子吓得浑身发抖。

当狮子靠近时,巨猿们愈发焦躁不安。托亚特是巨猿之王,它拍打着胸脯,露出巨大锋利的长牙。加亚特耸起有力的肩膀,向羚羊群走去,危险近在咫尺。祖索则有力地跺了跺粗糙的双脚,发出威胁的警告。母猿把小猿唤到身边,躲到大树低处的树枝下,在树上寻找安全的地方,方便逃跑。

就在这时，一个几乎半裸的白人从茂密的树叶里跳下来，落在他们中间。巨猿顿时神经紧绷，脾气暴躁。兽群们咆哮着，向这个鲁莽遭恨的人类冲去，巨猿之王冲在了最前面。

"托亚特的记性真不好。"这个人用猿语说道。

突然，托亚特停了下来，或许是听到了这个男人和它说的是同种语言，感到非常吃惊，巨猿咆哮着："我是托亚特，我要杀了你。"

"我是泰山，"男人回应说，"我是强壮的猎人，也是勇猛的战士，我为和平而来。"

"杀呀！杀呀！"托亚特发出一阵咆哮，其余的巨猿们露出可怕的尖牙，向前冲了过来。

"祖索！加亚特！"男人厉声说，"是我啊，我是人猿泰山。"这时巨猿们嗅到狮子强烈的味道，感到惶恐不安，又看到泰山突然出现，顿时感到一阵恐慌。

"杀呀！杀呀！"虽然巨猿们放慢了步伐，没有继续向前冲，但它们继续吼叫着，陷入了狂怒之中，就要达到愤怒的顶点。它们的怒火无人能挡，似乎能把目标大卸八块，化为乌有。

这时，一只体型庞大、长满长毛的母猿，发出刺耳的尖叫声，它的背上坐着一只小猿。"是狮子！"它尖叫道，转身逃到附近安全的树叶里。

站在下面的母猿和小猿，一转眼躲到树上去了。公猿将目光转向狮子，它们一看见狮子，内心最后一丝平静被搅乱，变得紧张不安。一只强壮有力的金色的狮子正向它们走去，两只黄绿色的圆眼里闪着凶狠愤怒的光芒，它的背上站着一只小猴子，冲巨猿发出刺耳的辱骂声。托亚特见到对方来势凶猛，第一个拔腿就逃，嘴里还发出一声凶猛的咆哮，这或许能为它挽回一点自尊，然后跳进离他最近的树丛里。其他的巨猿很快也纷纷逃走了，最后那里只剩下泰山独自面对愤怒的狮子。

狮子低着脑袋，尾巴绷得笔直，来回晃动，眼神闪着愤怒，向泰山走去。这时，泰山低声地说了一句话，声音小得只能传出几码外。狮子听到后，抬起了脑袋，眼睛里可怕的目光瞬间消失不见了。与此同时，小猴子认出了这个男人，发出兴奋的叫声，以惊人的弹跳力，从狮子的脑袋上，三下两下蹦到泰山肩膀上，将自己挂在他古铜色的脖子上。

"小奇玛！"泰山小声地叫着小奇玛的名字，他的脸紧紧地贴着小奇玛柔软的脸。

狮子昂首阔步向泰山走来，嗅着他赤裸的双脚，脑袋蹭着他的身体，然后在他脚边躺下来。

"杰达·保·贾！"泰山欢呼道。

此时，托亚特部落的巨猿，躲在树上安全的角落，看着他们。巨猿们内心的惊慌和恐惧也渐渐平复。"他是泰山。"祖索说道。

托亚特嘟嘟囔囔地抱怨着。托亚特不喜欢泰山，而且惧怕他，如今亲眼见证了泰山的强大实力，更加敬畏他了。

小奇玛一直向泰山喋喋不休，说了好一段时间，讲的都是自己的所见所闻。从它话里，泰山知道了外来者闯入了他的地盘。巨猿们在树上焦躁不安地移动，想从树上下来，但是它们害怕狮子。巨猿体型太大，不能像小猿一样安然无恙地从高处的树叶间穿过，只能等狮子走了之后再离开。

"快走！"托亚特大声喊道，"你们快走，让我们清静一会儿。"

"我们走了，"泰山回应道，"你不用怕我和狮子。我们是你们的朋友。我跟杰达·保·贾说了，它不会伤害你们。你们可以离开。"

"在它走之前，我们会一直待在树上，"托亚特说道，"它或许转眼就忘了你告诉它的话。"

"你害怕了,"泰山轻蔑地对它说道,"祖索和加亚特就不怕。"

"祖索什么都不怕。"祖索骄傲地说道。

加亚特一声不吭从躲藏的树上,笨手笨脚地爬下来。加亚特并没有大大方方地向泰山和狮子走去,它的心里有些许犹豫。

狮子站在泰山脚边,正盯着加亚特的一举一动,它的同伴们聚精会神地看着它,等着看它被狮子袭击撕碎。此时泰山也看着狮子,没有人比他更了解它了,尽管狮子一直听从主人的命令,但狮子终归还是狮子。当它还是一个长着斑点,软绵绵的小球团时,就陪伴在泰山身边,他们已经相处了好些年了。虽然泰山发现要抑制狮子血液里残暴的本性,既困难又危险,但从未怀疑过狮子对他的忠心。

加亚特走近他们时,小奇玛在泰山安全的肩膀上冲它又喊又骂。狮子眨着睡眼惺忪的眼睛,看向别处。如果狮子专注的目光意味着危险的话,那么现在已经没有任何危险了。

泰山走上前去,把一只手友好地搭在巨猿的肩膀上。"这是加亚特,"他对杰达·保·贾说道,"它是我们的朋友,不要伤害它。"泰山说的并不是人类的语言,或许他这种交流的方式都说不上是语言,但狮子、巨猿、小奇玛能听懂他说的话。

"告诉巨猿们,泰山是我小奇玛的朋友,"小奇玛尖叫,"他不会伤害小奇玛。"

"是的,正像小奇玛说的那样。"泰山向加亚特保证。

"泰山的朋友就是加亚特的朋友。"加亚特回应说。

"好了,"泰山说道,"现在我该走了,把我们说的话转达给托亚特和其他人,告诉它们泰山的国家闯入了外人,让它们盯着,但要小心谨慎,不要被那群人发现,他们都是些坏人。说不定这些人身上带着雷棍,这些东西能制造烟雾、大火和巨响,会将我

印度人 | **019**

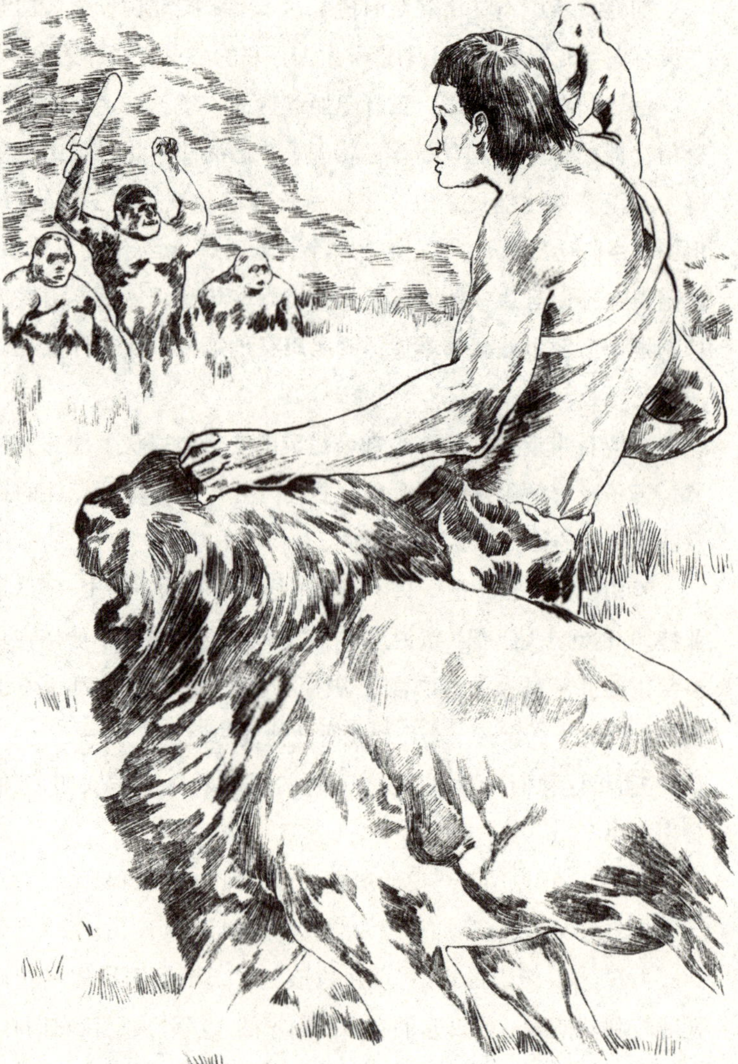

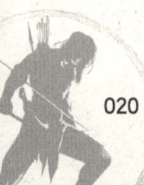

们置之死地。我现在去看看这些人在我的地盘究竟要干什么。"

自从远征队离开营地前往欧帕后,卓拉一直躲着贾法尔。只要她一出帐篷,就假装头痛,贾法尔也没有去骚扰她。于是第一天就这么过去了。

第二天早晨,贾法尔把民兵的首领叫了过去。这个民兵首领是专门留下看守营地,给大家弄食物的。

"今天,"贾法尔说道,"是个打猎的好日子,一切迹象都表明,今天是打猎的绝佳日子,带上你所有的人手,去森林里打猎,太阳下山后再回来。按照我说的去做,你就会得到奖励,另外打回来的猎物都可以归你所有,听懂了吗?"

"知道了,老爷。"民兵首领回答道。

"把那个女人的仆人也带上,这里不需要他,我的手下会留在这里给我们做饭吃。"

"要是他不愿跟我们去呢。"民兵首领想到说。

"你们人多,他才一个人,但千万不能让卓拉知道你们把他带走了。"

"那你要给我们什么奖励?"民兵首领追问道。

"一件衣服和几盒子弹筒。"贾法尔说道。

"我还要你在行军中随身携带的弯刀。"

"不行。"贾法尔说道。

"看来今天不是打猎的好日子。"民兵首领转身说道。

"给你两件衣服,五十个子弹筒。"贾法尔说道。

"再加上你那把弯刀。"经过多次讨价还价,两人达成一致。

首领把他的民兵全部集合起来,命令他们准备出去打猎,跟他们说是那个棕色皮肤的老爷下达的命令,但没有提奖励的事。

他们准备出发时，民兵首领派部下把白种女人的仆人叫了过去。

"你跟我们一块儿去打猎。"他对瓦马拉说。

"谁让我去的？"瓦马拉追问道。

"那个棕色皮肤的老爷下达的命令。"民兵首领卡伊亚回答说。

瓦马拉笑着说道："我不听他的命令，只听我女主人的差遣。"

这时，卡伊亚的两个手下分别抓着瓦马拉的胳膊。卡伊亚冲过去，狠狠地扇了他一巴掌。"你要听我的命令，"他说道，把猎矛对着男孩颤抖的身体，他逼问道："你跟不跟我们一起去打猎？"

"我去，"瓦马拉回答道，"我是在开玩笑呢，当然跟你们去了。"

兹弗里带着远征队向欧帕前进，此时，韦恩·科尔特已经迫不及待想和远征队会合，他催促手下加快脚步，赶紧寻找营地。远征队人数较多，他们分别从不同方向进入非洲地区，这样不会引起过多注意。科尔特按照计划，从西海岸登陆，在内陆坐了一小段路程的火车到达终点站，接下来的步行旅程漫长而艰难。终于，目的地就在眼前了，科尔特迫切希望这段步行旅途尽快结束。执行这项艰巨任务的成员中，科尔特目前认识的只有彼得·兹弗里，他也很想见到其他主要成员。

加入远征队，意味着要冒巨大的风险，科尔特对此并非不在意。远征队的目的在于维护欧洲太平，尤其考虑到多数行动必须在英国领土范围内进行，那里英国的势力相当庞大。远征队企图煽动土著部落（部落规模庞大，勇猛好战）的不满情绪，最终控制非洲东北大部分地区。科尔特年轻气盛，就算陷入危险的境地，一些突发事件也不会对他造成沉重的精神负担，不会使他萎靡不振。相反，科尔特对远征行动充满期待，同时也紧张不安。

尽管科尔特有托尼陪伴，路上愉快而充实，但旅途依然乏味无聊。托尼大脑简单，对菲律宾的独立没有具体概念，只关心福特和洛克菲勒财富的经济涨势，估摸着在这经济涨势缓慢的财富中能够拿到的份额，一心想着给自己买件新衣服。虽然托尼脑袋不好使，但科尔特依然非常喜欢他。

如果让科尔特在托尼和兹弗里之间选一个做朋友的话，他会选托尼。在纽约和旧金山，科尔特曾和兹弗里短暂地见过两面，那时他便知道自己跟兹弗里做不成朋友，因此也没有理由期待在远征队中能找到意气相投的伙伴。

科尔特迈着缓慢沉重的步伐向前走，突然隐约看见了丛林，听到了丛林里熟悉的声音，但这一次他必须承认，一见到丛林，听到丛林里的声音，就感到十分厌烦。要是他仔细听的话，一定会疑惑，自己是否听到了猴子"叽叽喳喳"的声音。此时小奇玛正躲在他身后的树里，科尔特不会格外注意到它，除非他知道有一只猴子坐在森林之王的肩膀上。此时泰山正悄无声息地在低矮的林叶间移动。

泰山早料到，这个突然出现在小路上的白人，正要前往那帮外来人的大本营，那里也是他自己要找的地方。

泰山他凭借在丛林潜行中训练出来的毅力和耐力，紧紧跟着科尔特，小奇玛坐在泰山的肩膀上，不停责怪他没有当场解决科尔特和他的同伴。小奇玛一想到可以看到杀戮的场景，就会变得嗜杀成性。

科尔特不耐烦地催促托尼加快脚步。泰山紧紧跟着他们，小奇玛则不停地念叨着。而此时，贾法尔正向卓拉的帐篷走去，当他走近帐篷入口时，影子投在卓拉正看的书上，卓拉躺在床上，抬起了头。贾法尔嘴角露出油滑诡媚的笑容："我来看看你头疼好了没有，"他说道。

印度人 | 023

"谢谢你，不用，"女孩冷冰冰地回答道，"如果没人打搅我休息，或许会恢复得更快。"

贾法尔无视她的话，走进帐篷，在椅子上坐了下来说道："其他人走了，我突然觉得寂寞难耐，难道你没有这种感受吗？"

"并没有，"卓拉说道，"我一个人待着休息，非常惬意。"

"你头痛得非常突然，"贾法尔说道，"之前还充满活力，身体状态看起来很好。"

卓拉不说话，此时她正想着瓦马拉到底怎么了，明明告诉过他，不允许任何人进来打扰，瓦马拉却无视了她的命令。

也许贾法尔看出了她的心思。似乎东印度人都具有一些异乎寻常的本领，或许这个说法并不可靠，但贾法尔接下来说的话，表明了这一说法或许是真的。

"瓦马拉和民兵一起打猎去了。"贾法尔说道。

"我没允许他去。"卓拉说道。

"是我自作主张让他去的。"贾法尔说道。

"你凭什么，"她端坐在床边，生气地说道，"贾法尔同志，你这样做简直太过分了。"

"亲爱的，别冲动，"贾法尔语气里充满了抚慰，"我们不要争吵，你知道，我是爱你的，爱会让人迷失方向，也许我是冒昧了些，但我这么做是为了不受打扰，给自己一个向你解释的机会，你知道的，在爱情和斗争中，一切都是公平的。"

"我们之间只有斗争，"女孩说道，"在我看来那根本就不是爱。贾法尔同志，你对我是其他感受，但绝不是爱，而我现在对你只有厌恶。就算世上只剩下你一个男人，我也不会跟你在一起。等兹弗里回来，我保证，他一定会找你算账。"

"等兹弗里回来，我早叫你爱上了我。"贾法尔激动兴奋地说道。

他起身朝卓拉走去。卓拉立刻跳了起来，迅速地环顾四周，寻找防卫武器。她的子弹带和左轮枪都挂在贾法尔坐的椅子上，步枪放在帐篷的另一面。

"你现在手无寸铁，"贾法尔说道，"我进来的时候特意看了一下，你喊救命也没用，现在营地里只有你和我，还有我的手下，如果他还想活命的话，除非我喊他，否则他绝不会进来。"

"你这个禽兽。"女孩说道。

"卓拉，你不可以讲点道理吗？"贾法尔质问道，"对我友善一点，对你一点坏处都没有，这对你来说不难做到，兹弗里不会发现。等我们回到文明社会，你要是还不愿意跟我在一起，到那时我不会再挽留你，但我确定，我会让你爱上我，我们还会幸福地生活在一起。"

"出去！"卓拉命令道。她的声音没有一丝恐惧，没有歇斯底里，只有冷静克制。

卓拉并没有因愤怒的情绪失去理智，她这么做也有某种意义——这或许说明她下定了决心，哪怕是死也要保护自己，不让贾法尔得逞。而现在贾法尔的眼里只有自己渴望得到的女人，他快步走上前，一把抓住卓拉。

卓拉年轻有力，灵活轻巧，但贾法尔高大魁梧，卓拉根本不是他的对手。贾法尔身体油腻的脂肪层下隐藏着惊人的体力。卓拉试图从他手里挣脱，想从帐篷里逃出去。但贾法尔紧紧地拽住她，把她往后拉。这时卓拉怒气冲冲地向他扑去，不停地打他的脸，贾法尔反而把卓拉抱得更紧了，然后把她拉倒在床上。

Chapter 3
复　活

　　帮科尔特引路的人走在他前面，突然停了下来，他回过头，笑容满面，指着前面说："快看，先生，是营地！"他欣喜若狂地呼喊道。

　　"太感谢上帝了！"科尔特松了一口气，大声叫道。

　　"这个营地空寂无人。"托尼说道。

　　"看样子的确没人，对吧？"科尔特表示赞同，"我们四处看一下。"科尔特的同伴跟着他，在帐篷间走动。他的同伴疲惫不堪，把沉甸甸的行李卸了下来。

　　此时，民兵们四肢伸开，躺在树荫下面，托尼跟在科尔特后面，仔细查看营地各个角落。

　　突然科尔特注意到了一只帐篷在剧烈晃动。"里面一定有人。"科尔特一边对托尼说道，一边步伐轻快地向帐篷入口走去。科尔特看见帐篷里的场面，不禁叫了出来。一男一女在地上扭打，男人掐着女孩的喉咙,女孩用握紧的拳头软弱无力地打在男人脸上。

贾法尔一心设法制服卓拉,没有注意到科尔特进来了。科尔特用力把手放在贾法尔肩膀上,猛地把他拽到一旁。贾法尔勃然大怒,跳起来要打他,结果反而被打了一拳,往后退了几步。贾法尔朝科尔特冲了过去,结果,他的脸又被狠狠地打了一下,这次他被打倒在地上。贾法尔摇摇晃晃地站起来,科尔特抓住他推来推去,最后把他推到入口,并及时给了一脚,迅速地将他踢出帐篷。

"托尼,他要是再进来,就毙了他。"他朝托尼厉声说道,接着把女孩从地上扶起来。科尔特搀着她,把她放平,让她躺在床上,然后用水桶打了水,帮她擦额头、喉咙和手腕。

贾法尔看见搬运工和民兵躺在帐篷外的树荫底下,又看见安东尼奥·莫里满脸怒容,他的手里正拿着左轮枪。贾法尔一边愤怒地咒骂,一边往自己的帐篷走去。他气得脸色发青,心生杀意。

卓拉睁开眼睛,抬头看见科尔特正看着自己,看见他一脸担心的样子。

泰山躲在营地上方隐蔽的树叶里,注视着下面发生的一切。泰山在小奇玛耳边"嘘"了一声,喋喋不休的小奇玛顿时安静了下来。科尔特注意到剧烈晃动的帐篷,贾法尔突然从帐篷里被抛了出来,托尼手里拿着枪威胁贾法尔,阻止他进去闹事,这所有的场景都尽收泰山眼底。

泰山对这些都不在意,对他们之间的争吵和矛盾也不感兴趣。他只想知道这些人为什么要来这里。泰山为了了解事情的原因,制定了两个计划。第一个计划:一直监视他们,直到他们的行动暴露了他们来到这里的目的;另一个计划:找到远征队首领,进入营地,询问他想知道的信息。但泰山不会轻易实施第二个计划,除非获得了充足的信息，占据了有利的条件。帐篷里正发生什么，他不清楚，也毫不在意。

卓拉睁开眼睛，盯着科尔特看了好几秒，科尔特也看着她。"你一定是那个美国人吧。"卓拉最终开口说道。

"我是韦恩·科尔特，"他回应道，"既然你能猜到我的身份，那这里一定是兹弗里同志的营地吧。"

她点了点头，说道："科尔特同志，你来得很是时候。"

"感谢上帝。"他说道。

"世上没有上帝。"卓拉提醒他。

科尔特脸一红，解释道："我们自打出生就习惯这么说。"

卓拉微笑着，"的确是，"她说，"不过我们的任务就是要改正许多坏习惯，不仅为了我们自己，也为了整个世界。"

科尔特把卓拉放平，让她躺在床上，一直静静地打量着她。他不知道兹弗里的营地里居然还有个白种女人，就算如此，也没有料到会有像卓拉这样的女孩。他一直以为，跟随一帮男人，进入非洲心脏地带的女性政治家，都是皮肤粗糙，蓬头散发的中年农妇。而眼前的这个女孩，她的头发鬈曲靓丽，脚形纤巧，从头到脚和农妇扯不上一点关系，更别说蓬头垢面了。这个女孩能置身于这种环境，一定聪明机智，而且，她还年轻貌美。

"兹弗里同志离开营地了？"科尔特问道。

"是的，他去进行短途远征了。"

"我们还没有互相介绍呢。"他微笑着说。

"噢，对不起，"她说道，"我是卓拉·德里诺弗。"

"我没料到会遇见这样意外的惊喜，"科尔特说道，"我以为这里只有像我一样无趣的男人。之前被我打扰的家伙是谁？"

"那个人是贾法尔，他是印度人。"

"他也是我们的人?"科尔特问道。

"是的,"女孩回应道,"但他很快就不是了,等兹弗里回来,他就不是我们的人了。"

"你的意思是?"

"我的意思是,兹弗里回来会杀了他。"

科尔特耸了耸肩,"那是他罪有应得,"他说道,"或许我本该杀了他。"

"不用,"女孩说道,"把他留给兹弗里,让他动手。"

"你一个人留在营地,没有人保护你吗?"科尔特问道。

"有的。兹弗里让仆人和十个民兵留下来了,但不知道贾法尔做了什么,把他们赶出了营地。"

"你现在安全了,"科尔特说道,"兹弗里同志回来前,我会确保你的安全。我现在要去驻扎营地,我会派两个民兵在你帐篷前站岗。"

"你太贴心了,"卓拉说道,"我想既然你在这里了,就没有这个必要了。"

"我还是会派人来站岗的,"科尔特说道,"这样我会更放心。"

"你扎好了营地,过来跟我一起吃晚饭吗?"卓拉问,她又接着说道,"噢,我忘了,贾法尔把我的仆人也打发走了,没有人给我做饭。"

"你可以跟我一起吃晚餐,"他说道,"我的手下烧得一手好菜。"

"那可真是太好了,科尔特同志。"她回应道。

科尔特离开帐篷后,卓拉半眯着眼睛躺在床上。这个男人跟她想象中的迥然不同。卓拉回想科尔特的样子,尤其是他的眼睛,这样的男人居然会背叛自己的父亲,背叛自己的国家,简直难以置信。但卓拉又意识到，许多人会为了道义原则反抗自己的国家政府。但俄国人的情况不同，他们从未有过反抗的机会，在专制统治者的控制下无法翻身。那些叛国者始终认为自己的所作所为，不仅是为了自己，也是为了国家，这些受真诚信念鼓动的人，是根本不会因叛国而受到指控的。卓拉虽然是一个道地的俄国人，但她打心底瞧不起背叛自己政府，帮助别国助长野心的人。我们或许乐意从外国人的唯利是图和他们的卖国行为中受益，但我们并不钦佩他们。

科尔特从卓拉的帐篷走过，来到手下身边，给他们扎营作必要的指示。而此时贾法尔正在自己的帐篷里盯着科尔特。

贾法尔脸色阴沉，面露恶意，眼里冒着仇恨的怒火。

泰山在树上注视着下面的动静，他看见科尔特正对手下发布指令。泰山对这个年轻的陌生男子印象良好，虽然对他心生好感，但他毕竟是外来人。泰山如野兽一般，本能地对外来人心存怀疑，尤其是对白人。泰山注视着他，视野范围内的事物都逃不过他的眼睛。他看见贾法尔从帐篷里走出来，手里拿着枪支，这一幕只有泰山和小奇玛看到了，但也只有泰山觉察到了不祥的预兆。

贾法尔从营地径直走进丛林，泰山悄悄地在树林间摇荡，跟在他后面。贾法尔走进隐蔽的树丛里，绕着营地走了半圈后停下来。贾法尔站的地方可以望见整个营地，而他的位置却隐藏在树叶间。

科尔特正监督他的手下们安置行李、支帐篷。他的手下正忙着完成分配到的各种各样的任务，他们累得精疲力竭，没怎么吱声，大多时间都在默默地忙碌，整个场面笼罩着异乎寻常的静谧。这时，一阵突如其来的、痛苦的尖叫声和枪火声打破了静谧，两种声音混在一起，几乎同时发出，很难说清哪种声音在前，哪种声音在后。一发子弹从科尔特的脑袋边"咻"地擦过，打中了站在他身后手下的耳垂。营地里刚刚还在进行着平静的活动,顿时变得混乱不堪。不一会儿,大家纷纷议论起来,对子弹和叫声的来源各抒己见。这时,科尔特看见营地边缘的丛林里升起一缕烟。

"在那儿。"科尔特说道,朝那个地方走去。

民兵首领制止他,"老爷,不要过去,"他说道,"也许那里有敌人,我们可以先往丛林里开枪试探一下。"

"不行,"科尔特说道,"我们先调查一番,你带上几个人往右走,我带着其余的人往左走,我们在丛林里慢慢地包围他,然后再会合。"

"好的,老爷。"民兵首领说道,他呼喊自己的手下,向他们下达了必要的指示。

他们进入丛林时,没有听到逃跑的声响,没有感觉到生物出没,也没有发现侵入者的迹象,过了一会儿,两边会合,他们背朝着丛林形成了一个半圆。随后科尔特一声令下,他们朝营地方向前进。

正在这时,科尔特发现贾法尔躺在营地边上死了,他的右手握着枪支,一只锋利的箭矢穿过了他的心脏。

黑人们围聚在尸体周围,面面相觑,一脸疑惑,看着对方,之后他们走回丛林里,爬到树上。其中一个黑人仔细地端详着箭头,"我从来没有见过这种箭,"他说道,"这不是人类做的箭。"

这些黑人十分迷信,很快他们心中充满了恐惧。

"这是朝老爷开的枪,"其中一个黑人说,"那么射箭的恶魔应该是老爷的朋友,我们不用害怕。"

黑人们对这个解释表示赞同,但科尔特认为事情没有这么简单,他命令手下把贾法尔的尸体埋了,然后一边往营地走去,一边思索这件事。

卓拉站在帐篷门口,看到科尔特时,向他走去,"怎么啦?"

卓拉问道，"发生了什么？"

"兹弗里同志没有机会杀贾法尔了。"科尔特回答道。

"为什么？"她问道。

"因为他已经死了。"

"是谁射的箭？"科尔特把贾法尔死亡情况告诉卓拉后，卓拉问道。

"是谁射的，一点头绪也没有，"他承认，"这完全是个谜。这也意味着营地已经被人监视了，我们一定要格外小心，不要独自进入丛林。"

"大家都认为，这支箭保护了我，我才逃过了暗杀者的枪击。虽然贾法尔完全可能有杀我的意图，但我认为，如果单独进入丛林的不是贾法尔，而是我的话，现在躺在那里、死了的人会是我。你们在这里扎营后，土著人有没有找你们麻烦，或者你们有没有闹得不愉快？"科尔特问。

"我们进入营地后，一个土著人都没有看见。尽管这里到处是猎物，但我们总觉得这个国家看起来荒无人烟。"卓拉说。

"至少可以证明这里的确没人居住，"科尔特猜想道，"更确切地说，是空寂无人。或许我们无意间闯入了某个部落的地盘，这个部落的人异常凶狠，想通过这种方式，警告我们赶紧离开。他们并不欢迎我们。"

"你是说我们中有人受伤了？"卓拉问道。

"他没有什么大碍，只是被子弹擦伤了耳朵。"

"你当时离他很近吗？"

"他恰好站在我后面。"科尔特回应道。

"毫无疑问，我觉得贾法尔一定想杀你。"卓拉说道。

"或许吧，"科尔特说道，"但他没有成功，他甚至没能破坏我的食欲。等手下的情绪平复下来,我们很快就能吃上晚餐。"

泰山和小奇玛远远地看见贾法尔的尸体被埋,过了一会儿,又看见卡伊亚和他的民兵,以及卓拉的仆人瓦马拉回来了。他们之前被贾法尔打发离开了营地。

泰山对小奇玛说道:"你之前告诉我,这个营地里有许多白人和黑人,他们去哪儿了?"

"他们之前带着雷棍离开了,"小奇玛回应道,"他们要猎捕小奇玛。"

泰山露出罕见的笑容说道:"小奇玛,我们一定会追上他们,查明他们的目的。"

"但丛林很快就要暗下来了,"小奇玛恳求地说道,"狮子、豹子很快就要出来了,它们也会来抓小奇玛。"

科尔特的手下宣布开饭前,天已经黑了,泰山也改变了计划,又躲到营地上方的树里去了。他相信这个营地的远征目的并不简单,一定有某种阴谋。泰山通过营地的规模大小判断,这个营地一定有很多人,这些人去哪儿了,他们的目的又是什么,这些都至关重要,他一定要弄清楚。

泰山认为,无论这个远征计划的目的是什么,在这个营地里,远征计划会是他们的主要对话内容。于是他找了一个最佳位置,偷听下面两个白人对话。此时,卓拉和科尔特坐在饭桌前,泰山蹲伏在他们上方一棵大树的树叶里。

"你今天真是受尽了煎熬折腾呢,"科尔特说道,"经历了刚刚那件事,你看起来并没有受到什么影响,我还以为你被吓着了。"

"科尔特同志,我的人生已经经历了太多,没有什么能把我吓住。"女孩回应说道。

"我想也是,"科尔特说道,"你一定经历了俄国革命。"

"那时我还只是个小女孩，"她解释道，"不过我清晰地记得这件事。"

科尔特专注地看着她，"看你的样子，"他冒昧地问道，"我猜你应该不是生在工人家庭吧。"

"我的父亲是一名工人，他受制于沙皇统治，死于流放，这也是我憎恨封建专制和资本主义的原因。我得到机会，加入兹弗里同志的队伍，这是实现复仇的另一个途径，同时也能增进全世界工人阶级国家的利益。"

"我上次在美国见到了兹弗里，"科尔特说道，"现在正执行的计划，那时他显然没有制定好，也没有提起过关于远征的这些事。后来，我接到和他会合的命令，也没有人告知我其中的细节，可以说，我对他的计划一无所知。"

"他只会把计划告诉服从命令的优秀士兵。"女孩提醒他。

"是的，这个我也知道，"科尔特表示赞同，"但清楚任务的话，就算是表现不好的士兵，行事也会更加理智。"

"当然，我们都知道总体计划，"卓拉说道，"我也会毫无保留地告诉你。我们计划将资本主义国家卷入战争和革命，这样他们就无法联合起来对抗我们，这也是我们计划中的一部分。"

"可是在非洲要怎么实现这个目标？"科尔特问道。

"兹弗里同志认为，实现这个计划很简单，"卓拉说道，"法国与意大利之间相互怀疑猜忌，众人皆知。他们为争夺海上霸权地位，近乎臭名远扬。一开始两国之间会公然对抗，战争一触即发，最终意、法战争将席卷整个欧洲。"

"可兹弗里同志在这偏远的非洲，如何使这两国交战呢？"科尔特质问道。

"目前意、法红军代表团在罗马商议这个问题。这些可怜人只知道一部分计划,不知道计划的全部,不幸的是,他们必须为推进世界计划,为了事业牺牲。他们已经拿到了文件,里面是法国军队入侵意属索马里兰的计划。兹弗里同志在罗马的间谍会在恰当的时候,向法西斯政府揭露这个阴谋。与此同时,远征队中数量相当的黑人,穿着法国军装,假扮成法国军队,白人则穿着军服,装扮成法国军官。黑人将在白人的带领下入侵意属索马里兰。同时,我们的间谍在埃及、阿比西尼亚以及北非部落地区活动。我们确信,一旦意、法因战争分散注意,英国因印度革命而不安,那么北非当地人民势必振奋精神,为摆脱外国统治的束缚,发动神圣之战,最终在整片地区建立起苏维埃自治国家。"卓拉回答。

"这个计划真是胆大冒险,令人惊叹,"科尔特惊呼道,"但它需要大量的金钱资源和人力资源。"

"这也是兹弗里同志最重视的地方,"卓拉说道,"当然,他所在的组织,他背后的支持者,这些细节我一无所知。但我知道,他已经为初步行动筹集好了所需资金,而现在很大程度上,他需要从这个国家找到大量所需的金子,推进更大的行动,这个行动将确保事业最后的成功。"

"兹弗里恐怕注定要失败了,"科尔特说道,"这个项目如此庞大,在这个未开化的国家,一定找不到足够的资金。"

"兹弗里同志和你想的正好相反,"卓拉说道,"事实上,他现在进行的远征行动,就是去寻找他要的宝藏。"

黑暗中,泰山在他们头顶的树里,惬意地摊开四肢,一动不动,躺在一根大树枝上。泰山耳朵灵敏,听到了他们之间所有的谈话。小奇玛则蜷缩着身体,躺在泰山古铜色的背上睡觉,它本可以听见远征队谋划撼动世界政府根基的内容,但它通通没听见。

"如果可以告诉我的话,"科尔特追问道,"我想知道,兹弗里同志要找的黄金在哪？"

"在欧帕著名的宝藏墓穴里，"卓拉回应道，"你一定听说过。"

"听说过，"科尔特回答道，"但我一直以为欧帕墓穴只是个传说，从没想过它真的存在，这些神秘的宝藏墓穴都是世界各地的民间传说。"

"但欧帕并不是神话传说。"卓拉回应道。

科尔特听到这个消息，非常吃惊。换作泰山的话，不会有任何外在表现，泰山沉着冷静，一声不响，听着他们的对话。若不是泰山受过训练，具备极强的自制力，躺在大树枝上、躲在掩护的树叶里时，就已经离开了。

科尔特听了这个惊人的计划，一段时间里，坐着一言不发，思索着计划成功的可能性。科尔特认为，这个计划几乎是黄粱一梦，成功的概率微乎其微。科尔特想到，远征队员会面临重重危险。一旦英、法、意知道了他们的行动，没人可以逃脱。科尔特潜意识里感到害怕，但这种害怕竟是出自对卓拉安危的担忧，这点他自己毫无觉察。科尔特很清楚，自己是在同什么样的人合作，所以，对计划的可行性提出质疑，是非常危险的。

科尔特遇见的革命者一律分成两类，一类是不切实际的空想家，这类人认为，世间万物因自己所想而存在；还有一类是奸诈的恶棍，他们受贪婪驱使，企图使事物现有的秩序发生变化，从中获取权力和财富。

一个年轻貌美的女孩，竟会铤而走险，来到这里，实在令人震惊。卓拉看起来聪明过人，绝非是简单无脑的工具。科尔特和卓拉简单接触后，更加不敢相信，她会是个坏人。

"这项事业无疑充满着重重艰难险阻，"科尔特说道，"这主要是男人的职责，执行这项危险的任务，必然要面对困难和危险。

我不理解，他们为什么会答应让你来到这里。"

"女人的生命和男人的生命一样有价值，"她说道，"兹弗里需要我。有大量重要机密的文书工作要处理，兹弗里同志需要找一个绝对信任的人，承担这项工作。兹弗里信得过我，而且我接受过打字和速记方面的训练。这些理由足以解释我来这里的原因。当然还有一个非常重要的原因，那就是，我想和兹弗里同志一直在一起。"

科尔特从卓拉说的话中，听出了他们之间的暧昧关系，可是在他看来，单凭第二个理由，卓拉都不该来到这里。很难想象，一个男人竟会让自己心爱的女孩卷入如此危险的境地。

泰山一声不响，在他们头顶的树上移动。他侧身，把手伸向后背，将小奇玛从他背上拎起来。小奇玛不乐意，想继续趴在泰山背上，泰山发出细小的低语声，小奇玛才安静下来。泰山有各种对付敌人的方法，很久以前，他就学习、练习了这些方法，那时他还不知道，自己并不是巨猿。泰山看见另一个白人之前，曾恐吓住了丛林里的黑人。泰山知道，在漫长的斗争中，要打败敌人，首先要打压他们的士气。泰山现在知道了，这群外来人不仅闯入他的领地，是他的敌人，而且威胁到了英国的太平，而泰山非常在意自己的国家——英国，并且他们还威胁到了其他国家的太平，至少他和这些国家没有任何纠纷。事实上，泰山非常藐视文明世界，但是他更藐视那些干涉其他国家、扰乱丛林和城市现有秩序的人。

泰山从躲藏的树上离开了，卓拉和科尔特并没有注意到泰山离开的动静，就像之前没有注意到他出现一样。科尔特一直思索着卓拉和兹弗里之间的感情，他知道兹弗里是什么样的人。像卓拉这样的女孩，竟会喜欢像兹弗里这样的男人，简直难以想象。当然，这一切跟他无关，只是他对这件事情感到困惑，似乎科尔特也因此改变了对卓拉的看法，对她产生了偏见。科尔特对卓拉感到失望，但同时又不希望对自己爱慕的人失望。

"你和兹弗里同志是在美国认识的吧？"卓拉问道。

"是的。"科尔特回应道。

"你觉得他是怎样的人？"她继续问道。

"他是一个性格坚定的人，"科尔特说道，"我觉得，只要是他想做的事，就一定能做到，没有人比他更适合执行这个任务。"

如果卓拉原本想套出科尔特对兹弗里的看法，例如尊敬他，或讨厌他之类的话，那么她该失望了。倘若科尔特说的都是真心话，她没有继续深入这个话题，真是太明智了。卓拉意识到，有些事情，科尔特不想让她知道，从他那里，根本套不出任何信息。而科尔特却能轻而易举从别人那里，获取消息，因为他看起来让人放心。科尔特对人的态度，说话方式，行为举止都证明了他品质优秀，为人正直，可以相信，他不会利用别人的信任。卓拉倒是挺喜欢这个品行端正的男人，越看越难以相信，他竟会背叛了自己的家庭和朋友，背叛了自己的国家。但是，她知道，有许多令人敬佩的人为了信念，牺牲了自己的一切，也许科尔特就是这样的人。卓拉希望这个解释，能为他叛国的行为辩解。

接着，他们又聊了各种各样的话题，聊了各自的生活，在自己国家的经历，以及来到非洲后发生的事情，最后还聊了当天的种种经历。在他们聊天的时候，泰山又回到树上，但是这次，他不是一个人来的。

"不知道我们最后能否查明，是谁杀了贾法尔。"卓拉说道。

"那支置他于死地的箭，民兵中没有人认得，这始终是个谜。当然，不认识那支箭，或许是因为，那些民兵都不是这片地区的人。"

"之前发生的事，令他们担惊受怕，"卓拉说道，"我真心希望，不会再有类似的事情发生。我发现,就这么一会儿,这些土著人就心烦意乱了。虽然,他们大多数人面对已知危险时,勇敢向前,但一旦牵涉超自然现象,他们的士气就会完全瓦解。"

"他们把贾法尔尸体埋了后,我感觉,他们的精神状况好多了,"科尔特说道,"但还有人认为,贾法尔死后还会复活。"

"这根本不可能。"卓拉笑着回应道。

卓拉话刚说完,就听见上方的树枝发出"沙沙"的声音。这时,一具尸体从上面掉了下来,重重地掉在他们中间的桌上,脆弱的桌子被砸碎在地上。

科尔特和卓拉跳了起来。科尔特迅速掏出左轮手枪,卓拉尖叫了一声,往后退了几步。科尔特感觉毛骨悚然,浑身起鸡皮疙瘩,因为他们中间躺着贾法尔的尸体,他躺在地上,翻着白眼,望着漆黑的夜晚。

Chapter 4

闯入狮洞

　　小奇玛非常生气,在熟睡中被泰山叫醒,这就已经够糟了,而泰山在这漆黑的夜晚,还要动身去办理愚蠢的差事,它喋喋不休,害怕地呜咽起来。它觉得每个夜影处,都潜伏着黑豹,森林里每一个扭曲的树枝,看上去都像极了蛇。泰山之前在营地附近时,小奇玛并没有感到非常不安;泰山背着沉重的尸体,再次回到树上,也让小奇玛确信,剩下的夜里,泰山会一直待在树上。可泰山很快就离开了,他在漆黑的森林间摇荡穿行,目的明确,这也意味着,在夜晚剩下的时间里,小奇玛不能睡个好觉,也保证不了安全。

　　兹弗里和他的队伍在蜿蜒的丛林小路上,缓慢前行,而泰山在空中,穿过丛林,几乎沿着笔直的路线,飞快朝目的地前行。他和兹弗里的目的地是相同的,但最终,兹弗里还没走到垂直陡峭的悬崖,泰山就已经在悬崖顶上消失不见了。悬崖极为壮观,也是他们通往欧帕山谷唯一的自然障碍。而此时,泰山和小奇玛正在穿越荒凉的山谷。山谷的另一端,他们隐约看见了巨大的高墙,高耸的塔尖以及古欧帕的炮塔。在非洲明亮的阳光下,穹顶和光塔在城市之上,闪耀着红色和金色的光芒。泰山见到这一景象,有一种似曾相识的感觉,这种感觉一度令他印象深刻。几年前,他第一次看到如此壮丽神秘的景象,展现在他眼前。

从这么远的距离看,古城没有任何被破坏的迹象。泰山在脑海中,仿佛又看到了一座宏伟美丽的城市,街道和神庙人山人海。他突然转念想到这座城市的起源之谜,脑海里隐隐约约出现了古迹的全景;有一个富有而强大的种族,他们构想并建立了这个永恒的古迹,直到文明消失。在亚特兰蒂斯大陆上,有一个辉煌灿烂的文明在那里繁荣兴盛,而最后亚特兰蒂斯大陆沉入大海,徒留这片遗留的聚集地衰败灭亡。因此,人们可能会认为,欧帕古城或许真的存在过。

根据欧帕人举行的古代宗教的仪式和典礼,以及其他假设都不能够解释,白种人是如何出现在这片遥不可及的非洲地区,可以窥见欧帕居民中,几乎没有城市开拓者的直系后裔,这一点是极有可能的。

欧帕的遗传法例比较特殊,似乎只在欧帕起作用,在世界其他地方不具有效力。这个遗传法例意味着,欧帕人的起源和其他人类的起源存在很大差别。因为,有一点非常特殊,欧帕男性和女性的外表几乎也没有相似之处。欧帕的男人矮小壮实,长满毛发,形态和外表像极了巨猿;而欧帕的女人身材纤细,皮肤光滑,美丽动人。根据欧帕男性身体和心理的一些特征,泰山猜想,在过去某个时候,这里的殖民者或许出于自愿,或许身不由己,和这片地区的巨猿交配。泰山还意识到,当时的殖民者有严格的祭拜仪式,欧帕居民都要遵守分别为男女制定的法规。由于缺少祭祀的活人，那些违背各自法规的男性和女性，都将成为祭祀的牺牲品，这是当时的通例。最终，经过自然选择的规律，绝大多数男性样貌怪异，女性长相正常，且美丽动人。

泰山穿过欧帕荒凉的山谷时，想入非非。山谷在明亮的阳光下，闪闪发光，山谷中只有几棵枯矮的树木，在阳光照耀下，落下树影。泰山右前方，有一座小山丘，山顶上就是欧帕宝藏墓穴的入口，泰山对此并无兴趣，他唯一的目的就是提前告知拉，入侵者在来欧帕的路上，这样她就能做好防御准备。

距上一次泰山来欧帕，已经过了很久。上一次，泰山在欧帕，帮助拉重新得到人民的拥护，瓦解了高级祭司卡迪的势力，最后卡迪死于狮子的尖牙和利爪下，拉又重新掌控权力。那是泰山第一次收获友情，得到欧帕人民的信任。泰山清楚，这些年，拉一直偷偷和他做朋友，但是她那些野蛮粗鲁，长相怪异的仆人，过去对泰山又害怕又厌恶。而现在，他去欧帕，就像拜访朋友的城堡一样，光明正大，毫不犹豫。泰山相信，自己一定会受到友好的招待。

然而，小奇玛不像泰山这么肯定，看到阴沉的遗址，小奇玛感到惊恐万分。它又控诉又恳求，都无济于事。最后小奇玛的恐惧，压制了它对泰山的情谊和对他的忠心。就在他们走近高耸的外墙时，小奇玛在泰山的肩膀上跳起来，拔腿就跑，仓皇逃离面前的遗址。小奇玛内心深处对陌生的地方充满恐惧，即使对泰山十分信赖，也克服不了心中的恐惧。

不久前，泰山和小奇玛经过一个小山丘，当时，小奇玛尖锐的眼睛就注意到了，认为那里相对安全，于是它跑到山顶，等着泰山从欧帕出来。泰山走近狭窄的裂缝，这里是进入欧帕巨大外墙的唯一入口。就像几年前第一次来欧帕一样，他觉察到有人在暗地里盯着他。泰山期盼对方认出他，和他打招呼。

泰山进入了狭窄的裂缝，毫不犹豫，丝毫没有担忧。下了一段水泥阶梯，经过迂回曲折的通道，就能穿过厚实的外墙。狭窄的庭院荒凉静谧，庭院的另一头，隐约可以看见内墙，泰山穿过庭院走向另一个通道时，没有发出半点声响。走到通道尽头，有一条宽敞的大街，对面伫立着破败坍塌的欧帕神殿的废墟。

泰山皱着眉头，一声不响，独自从神殿正门进去。正门两边伫立着一排排庄严的柱子，柱头上雕刻着长相怪异的鸟，正向下注视着他。这些石鸟由巨石雕刻而成，自它们被过去的人雕刻出来后，已经望穿了岁月。泰山穿过神庙，向内庭走去，他知道城市的重大活动都是在内庭举行的。他就这样，一声不响，默默地向前走。或许有人本要通知其他人泰山来了的消息，向他表示欢迎，但泰山在很多方面，与野兽无异。他和大多数野兽一样，默默前进，不会浪费时间，发出无用的声响。泰山并非悄悄潜入欧帕的，他知道，一定有人看见了他。

可他不清楚，为什么迟迟没有人出来，向他表示欢迎。或许，他们先把自己来访的事通报给拉，现在正等待她的指示。

泰山穿过主通道，又注意到了金色的碑帖，上面刻着一段冗长、难以解读的古代象形文字。泰山穿过内室，里面有七根金色的柱子，接着他又进入隔壁的房间，从屋里金色的地板上走过。虽然房间里静谧空荡，但泰山隐约感觉到，有人在房间上面的走廊上移动。最终，泰山走到一扇厚重的门前，他肯定太阳神神庙的女祭司就在这扇门的那边。泰山毫无畏惧，他推开门，跨过门槛。就在这时，一根长满树节的棍棒，重重地砸在泰山头上，将他击晕在地上。

不一会儿，泰山被十几个男人围住，他们皮肤粗糙，身材扭曲。他们的腿短小而弯曲，当他们身体前倾，不断向前时，蓬乱的胡须低垂在长满毛发的胸脯前。他们用结实的皮绳绑住泰山的手脚，嘴里发出低沉粗哑的咆哮声。

然后他们把泰山举起来，沿着其他走廊，穿过破败却依然宏伟壮观的房间，把他抬进一间大瓷砖房。房间的一头，几英尺高的石台上，有一个巨大的王座，一个年轻的女人坐在上面。

女孩的旁边站着另一个长相粗糙，骨节突出的男人，他胳膊和腿上戴着几条金带，脖子上挂着许多根项链。台蹲下聚集着一群男女，他们都是欧帕太阳神神庙的祭司和女祭司。

捕获泰山的人带他来到王座前，把他扔在瓷砖地板上。这时泰山恢复了知觉，睁开眼睛，打量着眼前这个男人。

"就是他吗？"王座上的女人问道。

其中一个抓获泰山的人注意到他恢复了意识，在其他人的帮助下，又拉又拽，勉强让他站起来。

"诺亚，那个人就是他！"站在她身边的男人大声说道。

女人脸部抽搐，露出恶毒仇视的神情。"太阳神眷顾，"她说道，"我日复一日，祈祷这天到来，这天终于来临了。"

泰山看着她，又迅速看向她身边的男人。"杜，她在说什么？"泰山追问道，"拉在哪儿？你们的高级祭司在哪？"

女人非常愤怒，从王座上站起身来，说："外面世界的男人啊，我就是高级祭司。我是诺亚，是太阳神的高级祭司。"

泰山对诺亚的话不予理睬："拉在哪儿？"他又一次质问那个男人，他的名字叫杜。

诺亚变得狂怒起来，"她已经死了！"她尖叫道，向石台边缘走去，好像要扑向泰山似的。王室的屋顶年久破败，上面有一个大缝隙，阳光透过缝隙照进来。诺亚的献祭刀柄镶嵌着宝石，在阳光的照射下，闪闪发亮。"她已经死了，"诺亚又说了一遍，"我们要用人类之血，献祭太阳神，下一个死的就是你。之前上帝选中了你，成为献祭的祭品。但拉太软弱了，她爱你，最后背叛了太阳神。但我诺亚态度坚定，自从你和拉夺走了我的欧帕王座，我对你们耿耿于怀，恨意深重。带他下去！"她对捕捉泰山的人大声地喊道，"在我看见他被绑在祭庭圣坛上之前，不要让我再见到他。"

祭司们将泰山脚踝上的绑带割断，以便他可以走路。虽然泰山的手腕被绑在后面，但祭司还是给他的脖子和胳膊套上了绳子，用绳子牵着他，就像牵着一头狮子。显然，这些祭司仍然惧怕他。他们把泰山带到欧帕的地下洞穴，四周漆黑一片，他们点燃了火把照路。最后祭司将泰山带进了关押他的地牢，过了一段时间，祭司们才鼓足勇气，割断泰山手腕上的绳子。在割断手上的绳子前，祭司们牢牢地绑住了他的脚踝，这样一来，他们就能趁泰山解开脚绳，追上他们之前，从牢房逃走，锁住牢门。可见，欧帕这些形态扭曲的祭司，对英勇无敌的泰山是多么畏惧。

泰山曾在欧帕地牢里待过，最后逃出去了，他立刻开始寻找出去的方法，来摆脱现在的困境。泰山知道，诺亚八成不会拖延很长时间，她一直期待这一刻的到来——把闪闪发亮的献祭刀插进他的胸口。泰山迅速把脚踝上的皮带解开，沿着地牢的墙壁，小心仔细地摸索，在墙壁边上绕了一圈。接着用同样的方式，仔细查看了地面。泰山发现他所在的地牢是个矩形，长十英尺，宽八英尺，踮起脚就能碰到天花板，唯一的出入口就是进来的那扇门，门上面有一个铁栅形成的缝隙，是地牢唯一的通风口。门设在黑暗的走廊里，光线透不进来。接着，泰山检查了一下门上的门栓和铰链，它们结实牢固，他猜想无法用蛮力打开。这时，他乍一看，一个祭司坐在走廊上看守，因此，泰山打消了偷偷逃跑的想法。

祭司们连续三天三夜，轮流看守。然而，第四天早晨，泰山发现走廊没人，心中又生起了逃跑的念头。

当泰山被祭司抓住时，他的猎刀被豹皮的尾巴挡住了，那些半人模样的祭司收缴了他其他的武器，兴奋激动之下，竟忽略了腰上的猎刀，真是愚蠢无知。泰山对这份好运万分感激，出于感情上的因素，泰山很珍视这把猎刀，因为这是他死去已久的父亲留下的。很久以前，他曾不经意间将这把猎刀插进了大猩猩的心脏，最终成就了如今的丛林之王泰山；但他珍视这把刀，更多是出于实际因素——它是上帝的礼物，因为对泰山来说，这把刀，不仅是防卫的武器，而且会是他成功逃脱地牢的工具。

几年前，泰山曾逃出过欧帕的地牢，因此他非常熟悉地牢的墙壁结构。地牢的墙壁是由大小不同的花岗石砖筑成，石砖被劈成恰当的尺寸，按照规定的路线铺排，没有用砂浆加固，泰山当时逃出去的牢墙有十五英尺厚。那时幸运之神垂青于他，因为关押他的牢房有个秘密出口，而现在的欧帕居民并不知道有这么一间牢房。那个出口上面封了一层松散的泥沙。于是，他不费力气，就打通了出口。

有了之前的经验，泰山自然而然，在地牢里寻找相似的方法出去。经过一番尝试，他并没有成功，一块石头都挪不动。每块石砖都牢牢固定，构成了神庙巨大的高墙。因此他只得从门上花功夫。

泰山知道欧帕的锁不多。如今，城里的居民退化堕落了，他们没有足够的聪明才智修理旧锁，也没有制作新锁。他见过那种锁，非常笨重，要用一把巨大的钥匙打开。泰山猜想，这种锁年代悠久，可以追溯到亚特兰蒂斯时期。但多数时候，门上都装有沉重的螺栓和铁栅，把门关得死死的。泰山估计，正是这些简陋的材料，横在他和自由之间。

泰山摸索着,走到门边,仔细研究这个透风的小开口,开口大概在他肩膀的位置,约摸十平方英寸大小,其间有四个垂直的铁栅,大概半平方英寸大小,四个铁栅靠得很近,相隔一英寸半的距离,连手都伸不进去。但泰山并没有因此灰心丧气,也许还有其他出去的办法。

泰山钢铁般的手指,紧紧扣在其中一根铁栅的中间。他的左手抓着一根铁栅,用力将膝盖抬高,抵住门,然后缓缓地弯曲右手肘。他的手臂就像可塑的钢铁,缓慢旋转,前臂和手臂肌肉随之肿胀起来,铁栅慢慢地向里弯曲。泰山笑了笑,又扣紧另一根铁栅,他用尽全身的重量和手臂强大的力量,抓紧铁栅,用力往后拉,把它弯成了一个大"U"形状。他又一次把胳膊伸进开口,发现开口仍不够大。但没过多久,一根铁栅被拽了下来,现在他能将胳膊伸出去,然后摸索、寻找困住他的门闩。

泰山整条胳膊伸出去后,指尖才能够着门。他碰了一下门闩的上部,发现这个门闩是一根木条,大约三英寸厚,除此之外,其他特点无法弄清。或许只要抬起木条的一端,门就能打开;或许只有看守的卫兵,从外面才能把木条拔出来。但这根木条究竟要怎样拿下来无从得知,这当真惹人着急!和自由只差一步之遥,却束手无策,实在令人气愤。

泰山从洞口抽回手臂,然后从刀鞘中拔出猎刀,又一次把手臂伸出洞口,将刀尖插进木栓。一开始,泰山用这个方法,试着把木栓抬高,结果刀尖从木栓里拔了出来。第二次,泰山试图从水平方向,将木栓往后挪。这一次,他成功了,虽然第一次只挪动了一点距离,但他已经心满意足了,因为泰山知道,有耐心就会有回报。他慢慢地把木条往后挪,但一次只能挪动四分之一英寸,

闯入狮洞 | 047

有时候几乎没有移动。泰山不知道祭司什么时候会回来巡查牢房，但他泰然自若，动作井然有序，有条不紊。终于，他的努力获得回报，铰链松开，门打开了。

泰山迅速走出牢房，插上门闩。他不知道，还有哪条路可以出去，于是，转身往走廊方向走去，那是之前被押送到牢房时经过的走廊。泰山从远处看见一点模糊的光亮，他一声不响，朝光亮处走去。随着光线越来越亮，他看见了十英尺宽的走廊，每隔一段距离都竖着一扇门，门与门的间距不规律。所有的门都关着，上面都锁上了门闩。

在离监禁他的牢房一百码处，泰山穿过一条横向走廊，然后停下来，动了动鼻子，凭借尖锐的眼睛和灵敏的耳朵，洞察周围的情况。泰山在周围没有看见光亮，但耳朵隐隐约约听到了一些声音，这说明走廊的门后面有活物。泰山闻到空气中混杂着各种气味，有焚香味，人类身上的味道，还闻到食肉动物刺鼻的气味，但都没有吸引他继续调查。于是他继续沿着走廊，朝前面光线越来越亮的地方走去。

泰山往前走了一小段路，突然他灵敏的耳朵察觉到脚步声，而且声音越来越近。这里没有值得他冒险探索的地方，于是泰山又慢慢退回到横向走廊，他想在度过危险之前，找个地方躲起来，但脚步声比他想象的还要近，不一会儿，六个祭司突然出现在泰山前面的走廊上。他们很快看见了泰山，停了下来，在黑暗中盯着他。

"那是泰山，"其中一个祭司说道，"他逃出来了。"祭司们握着长着节子的棍棒和危险的小刀向他走来。

祭司们走得很慢，可以看出，他们对英勇无敌的泰山深感敬畏。尽管如此，他们还是过来了。泰山见他们过来，连忙向后退，

048

这六个半人模样的祭司手拿重棍,但他只有一把猎刀,根本不是他们的对手。在他撤退的过程中,敏捷的脑袋很快想出了一个计划。泰山走到横向走廊时,慢慢退了进去。泰山知道,自己躲起来了,祭司过来时一定会缓慢谨慎,担心自己会在某处等着他们。于是泰山转身,在走廊上飞快奔跑。泰山穿过了几扇门,他这么做并不是特地寻找什么,而是因为他知道,祭司找他越费力气,他成功逃脱的机会就越大。最后,他在一扇门前停下来,上面横着一根巨大的木条,泰山迅速抬起木条,打开门,走了进去,正在这时,祭司首领刚好出现在走廊的交叉口。

室内一片昏暗,泰山一走进房间,便意识到自己犯了致命的错误。他闻到狮子身上强烈刺鼻的味道,顿时,一阵凶狠的咆哮打破了洞穴的寂静。黑暗中,泰山看见两只黄绿色的眼睛,闪着仇恨的光芒。这时狮子冲了过来。

Chapter 5

欧帕城墙

彼得·兹弗里来到悬崖脚下，在森林边缘扎营，悬崖的那边便是欧帕荒芜的山谷。他让搬运工和几个民兵留下看守营地，然后带着基特伯为首的勇士，向陡峭的山顶继续攀登。

他们中没有人走过这条路，就连基特伯也没来过。但曾经有人见过欧帕古城，那人将欧帕的具体位置告诉了基特伯。当遥远的欧帕城市出现在面前时，他们心中充满敬畏。而那些黑人土著未开化的脑袋里，隐约生起了些许疑惑。

队伍前往欧帕，穿过尘土飞扬的平原，一路上沉默无声。远征队伍中，不只有黑人土著充满了困惑疑虑，阿拉伯人心里也充满了疑惑。在遥远的沙漠，阿拉伯人住在黑色帐篷里，从小就害怕魔鬼，也听说过传说中的尼莫城，据说，人类不可以靠近这座城市。当他们靠近亚特兰蒂斯古城高耸的遗址时，脑海里都是诸如此类的想法和不好的预感。

在欧帕宝藏洞穴入口，在附近的巨石顶上，小奇玛看见远征队穿过山谷，向这里走来。小奇玛现在心急如焚，因为它清楚，应该提醒泰山，许多黑人和白人带着雷棍过来了。但又对这令人敬畏的遗址感到害怕，它不敢进去，只是在巨石上蹦来蹦去，叽叽喳喳，喋喋不休。

兹弗里的士兵们，从小奇玛身边走过，丝毫没注意到它。当他们前进时，遗址周围高大茂盛的树里，有眼睛在盯着他们。

就算远征队员中，有人看见小奇玛，从他们身边迅速跑过去，或者看见它，跳上欧帕遗址的外墙，也一定会对它视若无睹，因为每个人的脑袋里，都只想着阴暗的墓穴里究竟有什么。

基特伯并不知道欧帕宝藏墓穴的位置，但还是答应带领兹弗里去欧帕。和兹弗里一样，基特伯完全相信，就算他们无法从欧帕居民口中套出宝藏具体位置，他们自己寻找也一定很容易。远征队要是知道欧帕人不清楚宝藏墓穴的位置，甚至不知道宝藏墓穴的存在，一定会感到惊讶。因为世上只有泰山和一些瓦兹瑞的士兵知道宝藏的位置，只有他们知道怎样到那去。

"这个地方只是一个空寂无人的遗址。"兹弗里对其中一个白人同伴说道。

"这里看起来是个不祥之地，"另一个说道，"那些黑人已经受到了影响。"

兹弗里耸了耸肩，说："晚上他们兴许还会害怕，现在是大白天，他们还不至于那么胆小懦弱。"

他们走近遗址外墙，感受到令人不悦的压迫感。这种压迫感令他们反感，于是他们停了下来，派了几个人前去查看入口。阿布·巴特第一个发现了狭窄的裂缝，那里有一段升高的水泥阶梯。

"同志，这里有一条路可以通过。"他对兹弗里喊道。

欧帕城墙 | 051

"带上几个人侦查一下。"兹弗里命令道。

阿布·巴特召集了六个黑人同去,黑人们极不情愿地走过去。阿布·巴特裹上长袍,走进裂缝。这时废墟城内传来刺耳的尖叫声,声音高亢冗长,最后又转成一串低吟。阿拉伯人停了下来,黑人们吓得全身僵硬。

"继续走!"兹弗里大喊道,"只是尖叫声,你们死不了!"

"我发誓!"一个阿拉伯人大声叫道,"恶魔能杀死我们。"

"那你们就滚出来!"兹弗里愤怒地喊道,"你们这群胆小鬼这么害怕的话,我就一个人进去。"

他们没有和兹弗里争论,纷纷站到一边。这时,小奇玛出现在城内的墙顶上。它突然出现,发出嘈杂的声音,引起了大家的注意。小奇玛转身朝他们露出惊恐的神情。然后,它突然大声尖叫,远远地向前往下一跳。小奇玛这一跳,虽然看似无法安然无恙,但并没有妨碍它逃跑,因为小奇玛立刻又落回到地面,凭借惊人的跳跃能力,连蹦带跳,穿过贫瘠的平原,一路尖叫着逃走了。

对于黑人们来说,这是唯一逃跑的时刻。他们因为迷信的想法,害怕得神经紧张。他们几乎步调一致,转身逃离了这座凄凉阴沉的城市。阿布·巴特和他的士兵紧跟黑人之后,也逃跑了。他们不顾颜面,迅速撤退。

兹弗里和他三个白人同伴,发现其他人突然不见踪影,都疑惑地看着对方。"真是卑劣的胆小鬼!"兹弗里愤怒地大喊道,"多斯凯,你出去看一下,看能否把他们叫回来。既然来到这里,就一定要进去。"

迈克尔·多斯凯非常乐意接到这个任务,于是跟在逃跑的士兵后面,很快跑了出去。兹弗里转身,又一次走进裂缝,罗梅罗和伊维奇跟在他后面。

他们穿过外墙，进入庭院，穿过庭院后，看见内墙高耸在他们面前。罗梅罗第一个找到通向城市的入口，他叫唤他的伙伴，大胆走进了狭窄的通道。

突然又传来令人惊悚的尖叫声，再次打破了古神庙沉闷的寂静。

他们停了下来，兹弗里擦去额头上的汗珠。"我想我们三个人已经走得够远了，"他说道，"我们最好还是回去，召集其他人一起进去，莽撞行事没有任何意义。"罗梅罗朝他轻蔑地冷笑。伊维奇完全赞同兹弗里提出的建议。

兹弗里和伊维奇迅速穿过庭院。他们都来不及看罗梅罗有没有跟上，很快从城里走出来了。

"罗梅罗去哪儿了？"伊维奇问道。

兹弗里看了周围一圈，"罗梅罗！"他大声地喊道，但没有任何回应。

"他一定是被抓了。"伊维奇颤抖着说道。

"只是损失了一个人而已。"兹弗里嘴里嘟囔道。

无论伊维奇在害怕什么，但罗梅罗并没有被抓。罗梅罗看见同伴仓皇逃跑后，穿过内墙入口，继续往前走。他下定决心进去看看，毕竟走了这么远的路程，就是为了看一眼欧帕古城内部，以及几周里心心念念的巨额财富。

雄伟壮观的遗址全景展现在他面前。年轻的罗梅罗极易受外界影响，出神地站在遗址前。这时，又一阵可怕的哀号声，从巨大的建筑里面传来。尽管如此，罗梅罗并没有做出任何感到害怕的举动，或许他把来复枪握得更紧了，或许他解开了左轮枪的皮套，但就是没有退缩。面对眼前庄严宏伟的景象，罗梅罗深感敬畏。建筑经久的岁月，以及遗留的废墟使它变得更加朴实壮丽。

这时，神庙里的动静引起了罗梅罗的注意。他看见一个身影，是一个身体扭曲,长满节子的男人。他的腿短小弯曲,朝这里缓缓向前。然后,他们一个接一个向他靠近,最后数以百计的原始野蛮的生物,手里拿着带刺的棍棒和小刀,向他缓缓走来。

罗梅罗意识到,现在的形势比可怕的尖叫更加危险。

他耸了耸肩膀,退回到走廊。"我单枪匹马,怎么敌得过一个团体。"他小声嘀咕着。继而不慌不忙地穿过外庭,通过第一座高墙,最后回到城外的平原上。远处,他看见远征队伍逃跑时掀起的尘土,咧嘴笑了笑,开始追赶他们。一路上他嘴里叼着烟,从容惬意,大摇大摆地往前走。小奇玛在左边的小山上,看着他走过。这只小猴子,仍害怕得浑身发抖,它没有惊恐地尖叫,只是发出令人悲悯的低声呻吟。对于小奇玛来说,今天是艰辛难熬的一天。

远征队撤退得如此迅速,兹弗里、多斯凯和伊维奇追上时,他们已经下山了。现在什么威胁和承诺都阻止不了远征队继续往回走,他们到了营地才停下来。

兹弗里立刻叫来阿布·巴特,同多斯凯以及伊维奇进行商议。这是兹弗里第一次行动失败,在兹弗里看来,这件事非常严重,因为他想去欧帕宝藏墓穴,极度渴望得到那些取之不尽的黄金。

他先严厉地斥责了阿布·巴特、基特伯,甚至辱骂了他们的祖先,以及他们的跟随者,责骂他们胆小懦弱。但这只激起了他们两个人心里的愤怒和怨恨。

"我们跟随你,是对抗白人,不是对抗魔鬼,也不是鬼魂。"基特伯说道,"我不害怕,可以进城。但是我的部下不会随我一起进城,我也不可能单枪匹马和敌人战斗。"

"我也一样。"阿布·巴特说道,他愠怒的表情使他黑黝黝的脸变得更黑了。

"我知道,"兹弗里冷笑着说道,"你们两个都很勇敢,但最后你们退缩了，跑得比谁都快。看看，我们就没害怕，我们进去了，也没有受到伤害。"

"罗梅罗同志去哪儿了？"阿布·巴特质问道。

"或许他走丢了，"兹弗里承认说，"难道你们还指望打一场胜仗，不损一兵一卒？"

"但并没有打仗，"基特伯说道，"他走进被诅咒的城里，迟迟未归。"

多斯凯突然抬起头，大声喊道："他回来了！"所有人齐刷刷看向欧帕方向，罗梅罗步履轻松地走回营地。

"欢迎回归，我勇敢的同志们！"罗梅罗朝他们喊道，"很高兴看见你们还活着，我还担心，你们会因心脏衰竭而死。"

对于罗梅罗的嘲弄，所有人都回以愠怒的沉默，没有人开口说话。罗梅罗接着向他们走近，坐在他们旁边。

"你怎么才回来？"兹弗里立刻问道。

"我想看看，内墙那一边到底有什么。"罗梅罗说道。

"你有看见什么吗？"阿布·巴特问道。

"我看见雄伟的建筑伫立在壮观的遗址之上，"罗梅罗回应道，"那是很久以前的城市，现在一片废墟，一片死寂。"

"还看见其他的吗？"基特伯问道。

"我还看见长相怪异的士兵，他们身材矮小笨重，双腿弯曲，胳膊长而有力，全身长满毛发，他们从一个看上去像神庙的巨大建筑里走出来。他们人数众多，我一个人敌不过，就回来了。"

"他们有武器吗？"兹弗里问道。

"他们手里拿了大棒和刀。"罗梅罗回应道。

"你们瞧，"兹弗里大声说道，"他们只是一帮手握棍棒的野蛮人，我们可以不损失一兵一卒，占领城市。"

"他们长什么样？"基特伯追问道，"给我描述一下。"罗梅罗事无巨细地描述了一番，基特伯摇了摇头说道："正如我所想，他们果真不是人类，他们是魔鬼。"

"无论他们是人类还是魔鬼，我们都要过去，占领城市，"兹弗里愤怒地说道，"我们必须找到黄金。"

基特伯回复道："你可以去，不过你也只能一个人去。我了解我的弟兄，告诉你，他们不会随你同去。要我们对抗人类，我们会跟随你，但魔鬼和鬼魂不行。"

"阿布·巴特，你呢？"兹弗里追问道。

"回来后我和弟兄们谈过了，他们不会再去欧帕，不会去对抗魔鬼和鬼魂的。他们听到了恶魔的声音，恶魔警告他们离开，他们感到害怕。"

兹弗里怒不可遏，他又威胁又哄骗，都无济于事。阿拉伯酋长和非洲人首领也无法被劝动。

"还有一个办法。"罗梅罗说道。

"什么办法？"兹弗里问道。

"虽然阿拉伯人和非洲人都不去，但只要美国人和菲律宾人到了，我们就有六个人了。我们六个就能占领欧帕。"

伊维奇做了个鬼脸，兹弗里清了清嗓子。

"如果我们死了，"兹弗里说道，"整个计划都要垮掉，没有人会将事业进行下去。"

罗梅罗耸了耸肩说道："这只是建议，当然如果你害怕的话……"

"我不怕，"兹弗里怒吼道，"但我也不蠢。"

罗梅罗嘴角微微上扬，隐约露出一抹讥笑。"我要去吃饭了。"他说罢，起身离开了。

科尔特在到达大本营的第二天,写了一封长长的加密信件,他派出一名手下,把信送到海岸。卓拉在帐篷里,看见科尔特把信件交给一个仆人,又看见那个仆人把信放在叉棍的末端,便出发赶路了。不久,科尔特走到卓拉身边,她坐在帐篷旁边的树荫下。

"科尔特同志,你早上寄出了一封信吧?"卓拉说道,科尔特立刻抬起头,看着她,回复道:"是的。"

"也许你应该清楚,队伍里只有兹弗里同志可以寄信。"卓拉告诉他说。

"我并不知道这个规定,"他说道,"信的内容纯粹和资金有关。我到达海岸时,资金本该在那儿的,但我并没有看见,所以就派手下回去寻找了。"

"噢。"她说道,接着他们又聊了别的话题。

下午,科尔特拿着来复枪,出去寻找猎物,卓拉同他一起去。晚上,他们又在一起吃晚饭,这次晚饭由卓拉请他吃。过了几天,一个土著激动万分,通知他们远征队回来了,于是整个营地骚动起来。当然,没必要告知留在营地的人,胜利并没有垂青他们的军队,因为,兹弗里的脸上明显露出了失败的神情。兹弗里向卓拉和科尔特问好,并将科尔特介绍给他的同伴认识。当科尔特给他们介绍托尼时,回来的士兵直接倒在帆布床上,有的直接躺在地上休息。

这晚,他们围在饭桌边,分别讲述了队伍离开营地后,两队碰见的奇遇。科尔特和卓拉听说了欧帕诡异的事情后,感到毛骨悚然。而他们这边——贾法尔离奇死亡,被埋后又诡异出现的事件同样不可思议。

"没人动过他的尸体,"卓拉说道,"事情发生后,托尼和科尔特同志不得不亲自把他埋了。"

"希望这次你们把他埋好了。"罗梅罗说道。

"他没有再出现了。"科尔特咧嘴笑着说道。

"一开始,会是谁把他挖出来的呢?"兹弗里问道。

"肯定不会是仆人,"卓拉说道,"贾法尔之死古怪离奇,他们非常害怕。"

"把他挖出来的,一定和杀死他的是同一生物,"科尔特说道,"无论他是人,还是其他生物,能把沉重的尸体搬到树上,再朝我们扔下来,一定拥有类似超自然的力量。"

卓拉说道:"我觉得其中最离奇的是,整个过程没有一丁点声响。我发誓在尸体掉下来,砸在桌上之前,一点树叶的沙沙声都没听见。"

"这只有人类才做得到。"兹弗里说道。

"这是毫无疑问的,"科尔特说道,"但这个人是谁!"

大家散了后回到各自的帐篷里,兹弗里示意卓拉留下来,"卓拉,我想和你聊一下,"他说道,卓拉又坐回到椅子上,"你觉得这个美国人怎么样?你和他相处了一段时间,应该对他有所了解。"

"他看上去不错,是个讨人喜欢的家伙。"卓拉回复道。

"他的言行举止,有没有让你觉得可疑的地方?"兹弗里追问道。

"没有,"卓拉说道,"没有可疑的地方。"

"你们俩单独待在营地这么些天了,"兹弗里追问道,"他有没有做出不尊重你的行为?"

"他当然比你的朋友贾法尔要恭敬礼貌得多。"

"别提那个畜生,"兹弗里说道,"我真希望能亲手宰了他。"

"我告诉过他,你回来一定会杀了他,但有人在你前面把他杀了。"

他们沉默了片刻，兹弗里显然正在头脑里组织语言，终于他开口了："科尔特是个魅力十足的年轻人，但你不能喜欢上他。"

"为什么不能？"她问道，"我把我的头脑，我的精力，我的天赋都献给了这个事业，事业几乎占据了我的心，但总该留个角落做我自己想做的事情。"

"你是说你爱上了他？"兹弗里追问道。

"当然没有，不是那种喜欢，我从没这么想过。兹弗里，我想让你知道，感情上，你没有命令我的权力。"

"卓拉，你听着。你非常清楚，我有多么爱你，所以我一定要得到你。只要是我想要的，我一定会得到。"

"兹弗里，不要烦我，我现在没有时间考虑感情这种愚蠢的事。等我们顺利完成了事业，或许我会花点时间，稍微考虑一下。"

"卓拉，我要你现在好好考虑，"他坚持地说道，"远征计划有些细节我没有告诉过你，我也没有跟任何人说过，但现在我要告诉你，因为我爱你，你将成为我的妻子。我们进行这项事业会遇到的危险，比你想象中要巨大得多，我在这个项目上挖空心思，遇到种种危险，经历各种艰辛，我不会轻易把到手的权力和财富拱手让人。"

"你是说，获得权力和财富而不是为了伟大事业？"卓拉问道。

"我的意思是，获得权力和财富并不都是为了事业。"

"那你想做什么？我不懂你在说什么。"卓拉说道。

"我要成为非洲国王，"他宣称道，"我要让你成为我的王后。"

"兹弗里！"卓拉大声说道，"你疯了吗？"

"是啊，为了权力，为了财富，为了你，我是疯了。"

"兹弗里，你绝不能这么做。你知道我们所效力的政权影响力有多么深远。如果你失败了，如果你叛国了，他们的势力会找到你，让你身败名裂。"

"等我达到了目的，我的权力就能和他们较量，我就可以跟他们对抗。"

"那帮跟随你的人该怎么办？他们忠心为事业效力，将你视为事业的领导者。要是他们知道了你真实的想法，彼得，他们会把你挫骨扬灰的。"

兹弗里大笑起来："卓拉，你不了解那帮人，他们都一样，所有人都一样。我封他们做大公爵，赏给他们每人一座宫殿和后宫，他们会不择手段得到这样的犒赏。"

卓拉站了起来。"兹弗里，你太让我震惊了。我以为你至少是个真诚的人。"

兹弗里迅速站起来，抓住她的胳膊。"卓拉，听着，"他在卓拉耳边压低声音说，"我爱你卓拉，正是因为我爱你，我才把性命交到你手里。但你要知道，要是背叛我，无论我多么爱你，我都会杀了你，不要忘记这点。"

"兹弗里，你不用告诉我，我对此非常清楚。"

"所以你不会背叛我？"他询问道。

"兹弗里，我从不背叛朋友。"卓拉说道。

第二天早上，兹弗里结合罗梅罗对远征提出的建议，开始制定第二次远征欧帕的计划。他们决定，这次远征将采取自愿加入的形式。目前，几个欧洲人，两个美国人，一个菲律宾人表明了加入的意愿，现在还需要招募一些土著和阿拉伯人为他们服务。为此，兹弗里召集了整个群体，和他们谈判。兹弗里费尽口舌，向他们解释了此行的目的，向他们强调，罗梅罗看见了城里的居民，他们只是些个子矮小的野人，手里唯一的武器就是棍棒，并清楚明白地向他们解释，用来复枪对付那些野人，简直轻而易举。

实际上，所有人都愿意去，不过最多走到欧帕城外。只有十名土著黑人答应和白人一起进城，他们分别是之前留下看守营地的民兵，以及跟随科尔特从海岸过来的人，这些人都没有体验过欧帕的恐怖之处。听过遗址诡异尖叫声的人，这次都不愿意进城。但不得不承认，自愿进城的十个士兵，等最终站在欧帕阴森的入口，听见守城人发出诡异的警告声，说不定会打退堂鼓。

他们花了几天时间，为第二次远征做着精心准备。终于，计划的细节制定完成了。一天清早，兹弗里和跟随者又踏上了前往欧帕的道路。

卓拉本想一同前去，但兹弗里需要接收间谍们传来的消息。他在非洲北部安插了很多间谍，执行各种任务，所以卓拉必须留下来。

阿布·巴特和他的士兵留下看守营地，最终营地只剩下他们和几个奴隶。

自从第一次远征以失败告终，远征队在欧帕入口遭到惨败，阿布·巴特和兹弗里之间的关系变得相当紧张。阿布·巴特和他的士兵被兹弗里指责胆小懦弱，感到极度不满，这次，他们留下看守营地的人比上次还多。虽然他们不愿意进欧帕城，但也不愿意留下来看守营地，觉得有辱尊严。其他人离开后，阿拉伯人坐在阿布·巴特的帐子里，一边喝着浓咖啡，一边小声说话，他们黝黑、阴沉的脸被头巾遮住了一半。

远征队的同志纷纷离开，他们甚至不屑一顾。阿布·巴特则一直盯着身材苗条的卓拉，一声不吭，陷入了沉思。

Chapter 6
背　叛

　　小奇玛内心矛盾纠结，心里非常痛苦。它站在岩丘的最佳位置，看见罗梅罗从欧帕城离开。这些勇敢的白人，拿着致命的雷棍进去，居然从废墟里逃了出来。小奇玛认为，它的主人在这可怕破败的遗址里，一定遇到了危险。小奇玛在对泰山忠心的驱使下，返回查看情况，但它只是只害怕的小猴子。虽然它再次向欧帕走去，但也没能鼓足勇气，最后可怜地呜咽着，转身穿过平原，往阴森的森林走去，至少它对森林里的危险比较熟悉。

　　泰山推开门，进入阴暗的房间，他的手一直贴在门上。这时，一只狮子发出了可怕的咆哮声，泰山知道，自己身处危险的境地。狮子动作灵活，速度极快，但泰山的大脑更加灵活，力量更加强大。狮子朝他扑过去时，泰山脑海中突然闪过一幅完整的画面。长满疙瘩的祭司，沿着长廊就要来抓他；笨重的门朝里开着；此时狮子正向他冲过来，他将各种呈现的场景拼凑起来，构成了一个对他有利的局面。泰山迅速把门朝里打开,走到门后面,这时狮子或许由于惯性,或许以为他要逃跑,拼命往前冲。最后扑到长廊上,迎面碰见走来的祭司,这时,泰山迅速关上了门。

虽然看不到长廊上的情况,但听见狮子迅速远去的咆哮和吼叫声,就能够想象到那个画面,泰山嘴角不禁露出了平淡的笑容。过了一会儿,一个祭司发出痛苦、害怕的尖叫声,声音凄厉刺耳,他的下场可想而知。

泰山意识到继续待在这里也一无所获,墓穴错综复杂像迷宫一样,他决定先离开地牢,找到出去的路。他突然想到那条长廊——之前逃跑时,被祭司撞见的长廊,狮子追赶他们,一定正堵在那里。

但这是他逃跑最后的机会。或许会迎面撞见狮子,但他并不想招致这个没必要的危险。然而,当他试图打开门时,门却推不动了,这时泰山才意识到发生了什么,他又一次被关在地牢里了。

这是一扇特殊的门,它的门闩不是滑动式的,而是靠门的内部的销起作用。看守人员把沉重的铸铁固定在门上和门框上,门闩掉下来时,就会插进铸铁里。泰山进来时,抬起木闩,门关上后,木闩掉到其重心位置,于是他又被关了起来,这种关门的操作,就像有人从外面把门锁上一样。

长廊里没有地牢通道那么昏暗。虽然,照进地牢的光线不足,泰山无法看清牢房内部的情况,但足以看清门上通风口的结构特征。泰山发现,这个通风口由许多小圆孔构成,圆孔直径太小,他的手穿不过去,没办法把木条抬起来。

泰山遇到了新的困境,于是站在那思索了片刻。突然他听到地牢后面的暗处传来一阵响动。他迅速转身,从刀鞘中拔出猎刀。泰山没有对声音的来源感到疑惑,因为,他认为,跟狮子关在一起的,也只会是狮子,但它迟迟没有向泰山发起攻击。根据之前的经验，这只狮子最终会向他扑来，也许它打算偷偷袭击。此时泰山希望自己的眼睛能穿透黑暗。要是能看见它，就能更好地准备应对攻击。他过去也应对过其他狮子，一般情况下，还没来得及反应，狮子就飞快扑向他，抬起前腿试图抓他，但泰山最终都从狮子巨大的爪子下逃脱了。可这次情况不同，他有生以来，第一次觉得死亡不可避免。他知道这一天来了。

泰山并不害怕，只是不想就这么白白死了，至少要让对方付出惨痛的代价。就这样，他一声不响地等待着。突然，又听到一个微弱、预示不祥的声响。地牢里浑浊的空气充斥着食肉动物的臭味。他又听到远处长廊上，狮子捕杀时发出的咆哮声，这时，一个声音打破了寂静。

"你是谁？"有人问道，这是女人的声音，来自这个地牢的后面。

"你在哪儿？"泰山问道。

"我在地牢后面。"那个女人回答道。

"这里的狮子去哪儿了？"

"你打开门的时候，它冲出去了。"她回应说。

"我知道，"泰山说道，"另一头狮子在哪儿？"

"没有其他狮子了，这里只有一头，已经出去了。噢！我知道你是谁了！"她大声说道，"我认出你的声音了，你是人猿泰山。"

"拉！"泰山大声喊道，他穿过地牢，迅速向前走，"你怎么和狮子关在一起，你居然还活着？"

"我被关在旁边的地牢，铁栅门将两个地牢隔开了。"拉回复道。泰山听到铁铰链发出的声响。"门没锁，"她说道，"其实没必要锁，因为这扇门通向关着狮子的那个地牢。"

泰山和拉在黑暗中，摸索前进，最后碰到彼此的手。

拉紧靠在泰山身上，浑身颤抖地说道："我很害怕，但现在不怕了。"

"我也被关起来了，以我现在的处境，也帮不了你。"泰山说道。

"我知道，"拉说道，"但有你在，我感觉很安全。"

"告诉我发生了什么，"泰山问道，"诺亚怎么会当上高级女祭司，而你却被关在自己的地牢里？"

"当时诺亚和卡迪合谋，从我手中夺取权力，但我后来原谅了她的叛国行径。"拉解释道，"可她不知悔改，继续耍阴谋、搞欺骗。狮子杰达·保·贾杀了卡迪后，杜当上了高级祭司。诺亚为了满足自己的野心，趁机向他示爱。他们向人民散播关于我的谣言，大家无法谅解我和你之间的友情。最终，他们计谋得逞，推翻了我的统治，把我囚禁起来。你知道，杜和其他祭司愚蠢至极，所有的一切，都是诺亚的主意。把我跟狮子关在一起，也是她出的主意，她想让我更加痛苦，直到凌驾于所有祭司之上，最后把我献祭给太阳神。给我送食物的人告诉我，诺亚要达到最终目的，还有一些困难要克服。"

"他们怎样把食物送到你这里的？"泰山问道，"狮子在外面，没有人能通过外面的地牢。"

"关押狮子的地牢还有一个开口，那里通向低矮狭窄的通道。他们从上面扔肉下来，这样可以把狮子从外面的地牢引开。之后他们穿过通道开口，把铁栅门放低，趁狮子被关起来的时候给我送食物。但喂给狮子的食物却不多，所以它总是饿得咆哮，用爪子抓牢房的铁栅栏。或许，诺亚希望有一天它会把铁栅栏砸坏。"

"他们喂给狮子食物，走的另一个通道通向哪里？"泰山问道。

"我不知道，"拉说道，"但我想，这只是前人专门为此修建的隧道。"

"我必须看一看，"泰山说道，"或许能从这个通道逃出去。"

背叛 | 065

"为什么不从你进来的那扇门出去？"拉问道，泰山向她解释无法从那里出去的原因后，拉给泰山指出隧道入口的位置。

"可以的话，我们必须尽快从这里出去，"泰山说道，"他们抓住了狮子，肯定会把它带回这里。"

"毫无疑问，他们肯定会抓到它。"拉说道。

"那我们动作要快点，先查看一下隧道里的情况。要是隧道不通，我在隧道里的时候，他们正好把狮子带回来，到时将很麻烦。"

"你在隧道里查看的时候，我会在外门仔细听动静。"拉提议道，"抓紧时间。"

泰山在拉比划的位置摸索，发现了一个笨重的铁栅栏，靠近栅栏有一个洞口，里面有低矮狭窄的通道。泰山把铁栅栏抬起来，进入通道。由于通道顶部太低，他直不起身子，于是把手伸直，身体呈蹲伏状。他前进了一小段距离，这时通道突然向左拐了个直角。在转角的那头，他看见不远处有微弱的光亮。他快速地向前移动，最终到了通道尽头。这是在一个垂直通风井的底部，柔和的阳光照进通风井内部。通风井是用常见粗制的基墙花岗石建成的，这些花岗石块没有经过细微精确的搭建，所以内部表面粗糙不平。

泰山在仔细研究通风井时，通过隧道从地牢传来拉的声音，她的语调听起来很激动，从她的语气可以听出，他们现在的处境非常危险。

"泰山，快一点，他们带着狮子回来了！"

他迅速地走回隧道口。

"快呀！"他大声对拉说道，泰山穿过隧道，把身后的铁栅栏抬起来。

"要我进去吗？"她害怕地问道。

"这是我们唯一逃跑的机会。"泰山说道。拉没有再说话,她钻进了隧道,蹲伏在他旁边。泰山把铁栅栏拉下来后,拉紧紧地跟在他后面,来到通风井的出口。泰山二话不说,一把将拉举起来,尽可能把她举高。拉知道自己接下来该怎么做。

没费多大力气,拉在通风井内部粗糙的表面,找到了手脚的支撑点。泰山在下面稳住她的身体,她慢慢地往高处攀爬。

通风井径直通到塔楼上的一个房间里,从这里可以俯瞰整座欧帕城,塔楼被颓圮的高墙挡住,于是他们停在那里制定下一步计划。

他们知道自己面临着极大的危险。废墟中聚集着众多猴子,城里的居民能够和它们交流,但其中一只猴子发现了泰山和拉的踪影。泰山迫不及待,想离开欧帕,那帮白人闯入了他的领地,泰山急于阻挠他们的计划。但他想先把拉的敌人打垮,帮助她重新坐上欧帕王座。如果这些无法实现,至少要确保她能够安全离开这里。

泰山在日光的照耀下,看着拉,她简直美得令人窒息,他再一次为她无与伦比的美貌所震撼。此时此刻,时间、忧虑和危险,似乎都无法使她的美貌减弱一分。泰山想着该拿她怎么办,该带她去哪儿,在欧帕高墙外的世界,哪里会是太阳神女祭司适合的栖身之所。

泰山思考着这个问题,但不得不承认,这样的地方并不存在。拉属于欧帕,是生来就统治非文明、半人种族的女王。她若以这种形象,出现在文明社会,一定会是个强悍的女人。倘若她早出现在两三百年前,说不定会成为克利奥帕特拉七世,也或许会成为拔示巴。但在这个时期,她只是欧帕的拉。

这会儿,他们一声不吭,就这样坐着,拉目不转睛,看着泰山的轮廓。

"泰山!"拉说道。

泰山抬起头来。

"拉,怎么啦?"泰山问道。

"泰山,我还爱着你。"她低声地说着。

他眼睛里显现出苦恼的神情。

"我们不说这个。"

"我就要说,"拉小声咕哝着,"这种感觉使我哀伤,但这是甜蜜的哀伤,这种甜蜜,是我生命中从未有过的。"

泰山伸出古铜色的手,放在拉纤细的手上,说:"不是我的错,也不是你的错。"

拉笑着说:"泰山,这当然不是我的错,我知道,感情不是我们能决定的,它是太阳神的礼物,有时是作为奖赏,有时是作为惩罚。对我来说,这或许是惩罚吧,不然,我也不会得不到这份感情。第一次见到你,我就对你心生好感,若没有这份感情,我的生活或许毫无希望,我将没有活下去的欲望。"

泰山没有回应她,两个人陷入了沉默。他们想等到夜晚降临,从塔上下去,这样就没人看见。泰山思维敏捷,此时,他脑袋里制定着各种计划,来帮助拉夺回王位。于是,他们便开始讨论起来。

"太阳下山前,"拉说道,"祭司和女祭司们会聚集在大殿里。今晚,诺亚会坐在王座上,祭司们会站在王座前,那时我们可以下去。"

"那接下来呢?"泰山问道。

"如果我们在大殿把诺亚杀了,"拉说道,"杜和其他人就会失去领导。没有领导,他们就会迷失。"

"但我不杀女人。"泰山说道。

"我去杀诺亚,"拉回复道,"你来解决杜,这你不会拒绝吧?"

"要是他主动攻击,我们就杀他,"泰山说道,"如果没有,就不动他。我只会在自我防卫,捕获食物,或没有别的办法阻挠敌人行动的时候杀人。"

在这个老式的房间里,地上有两个开口,一个是他们从地牢爬上来时经过的通风口,还有一个开口,通向一个类似的、更大的通风井。石砖中间有条长木梯,通到通风井底部。

他们可以通过这个通风井,从塔里逃出去。泰山漫不经心,坐在那儿,盯着入口。突然,他的脑海里闪过不好的念头。

他转过身对拉说:"我们差点忘了,把肉扔给狮子的人,一定是从这个通风井上来的,我们待在这里,并不像我们想的那样安全。"

"他们并不经常给狮子喂食物,"拉说道,"不是每天都带食物过来。"

"上一次喂它食物是什么时候?"泰山问道。

"我想不起来了,"拉说道,"牢里一片漆黑,在这里度日如年,十分煎熬,我记不得过了多少天。"

"嘘!"泰山提醒道,"有人上来了。"

泰山站起来,一声不响地走到开口,他蹲伏在梯子对面的侧边,拉悄悄走到他身边,这样一来,正在上楼的人从通风井出来时,跟他们背对着,就看不到他们。

上楼的人动作缓慢。他们听见拖着脚步走路的声音,声音离塔顶越来越近。这个人不像猿猴模样的欧帕祭司一样习惯攀爬。泰山猜想,这个人行动迟缓,要么扛着重物,要么带着累赘的东西。最后,当他脑袋探出来的时候,泰山发现,他竟是个老头,难怪他行动不够灵活。老头对他们的存在毫无觉察。这时,泰山用有力的手，掐住他的脖子，一把将他从通风井拽了上来。

"不要出声！"泰山说道，"按我们说的做，你就会毫发无损。"

拉突然把老头腰带上的小刀夺了过来，泰山把他压倒在地上，稍微松开了掐着他喉咙的手，然后将他扭过来，和老头面对面。

老人看见拉时，脸上露出了难以置信的表情。

"达鲁斯！"拉大声喊道。

"太阳神保佑，让您顺利逃出来了！"老人大声说道。

拉转身对泰山说："你不用害怕达鲁斯，他不会背叛我们，欧帕所有祭司中，没有人比他对我更忠心。"

"是的！"老人晃着脑袋说。

"还有很多对拉忠心耿耿的人吗？"泰山追问道。

"是的，非常多，"达鲁斯说道，"诺亚是个恶毒的女人，他们害怕她，而杜是个蠢货，有他们两个人在，欧帕将永无宁日。"

"你确定靠得住的有多少人？"拉问道。

"噢，非常多。"达鲁斯回复道。

"达鲁斯，今晚把那些人都聚集到宫殿里。等天黑了，我们打算袭击拉的敌人——你现在的女祭司。"

"到时候您也会在吗？"达鲁斯问道。

"我会在那里，"拉说道，"瞧，到时候，你的匕首就是进攻的信号，你看到我把匕首插进诺亚——那个假女祭司的胸口时，你就向敌人发起进攻。"

"我一定会按您说的去做，"达鲁斯向她保证，"我现在要把肉扔给狮子然后离开了。"

老祭司往通风井扔了几根骨头和碎肉后，一边慢慢走下楼梯，一边叽里咕噜，自言自语。

"拉，他真的能完全信任吗？"泰山怀疑地问道。

"绝对能信任,"拉回复道,"达鲁斯会为我出生入死,我知道他憎恨诺亚和杜。"

下午慢慢过去了,太阳西下。他们要从塔上下去,设法进入大殿,可天还没暗,他们这么做要冒极大的风险。但这时候,他们遇到危险的可能性极小,因为城里的居民此时都聚集在宫殿里,举行古老的仪式,他们通过这个仪式让太阳神尽早休息。最终,他们顺利走到塔的基层,然后穿过庭院,进入神庙。

穿过曲折迂回的长廊,拉走到了大殿的门口,王座就立在殿内墩台后面。她停下来,一边听着里面进行的仪式声,一边等待暗号,等室内除高级祭司以外的所有人被摁倒在地,他们就冲进去。

拉收到暗号后,推开门,悄悄跳上王座后面的墩台,泰山也紧跟着她进来。这时,他们才意识到自己遭到了背叛,祭司们聚集在墩台上,意图抓住他们。

一个祭司抓住拉的胳膊,他还没来得及把拉拖走,泰山便扑向他,掐住他的脖子,把他的脑袋突然往后拽,一用力整个室内都能听到脊椎骨断裂的声音。泰山接着又把他举过头顶,朝向他冲过来的祭司扔过去,趁那些人跟跄往后退时,拽着拉跑向他们来时走过的长廊。

泰山认为,待在那儿继续反抗毫无意义,因为他知道,即使一时间能招架他们的攻击,但最终还是会被制服。一旦拉被他们逮住,就会被撕成碎片。

他们身后拥出了一大群祭司,他们沿着长廊,拼命地叫喊着。接着,诺亚尾随而来,她在后面叫喊着,要他们两个人的命。

"拉,我们抄近路到外墙去。"泰山建议道,拉健步如飞,加快了脚步,带着泰山穿过迷宫似的长廊,最后他们来到有七根金柱的室内,他知道接下来的路怎么走了。

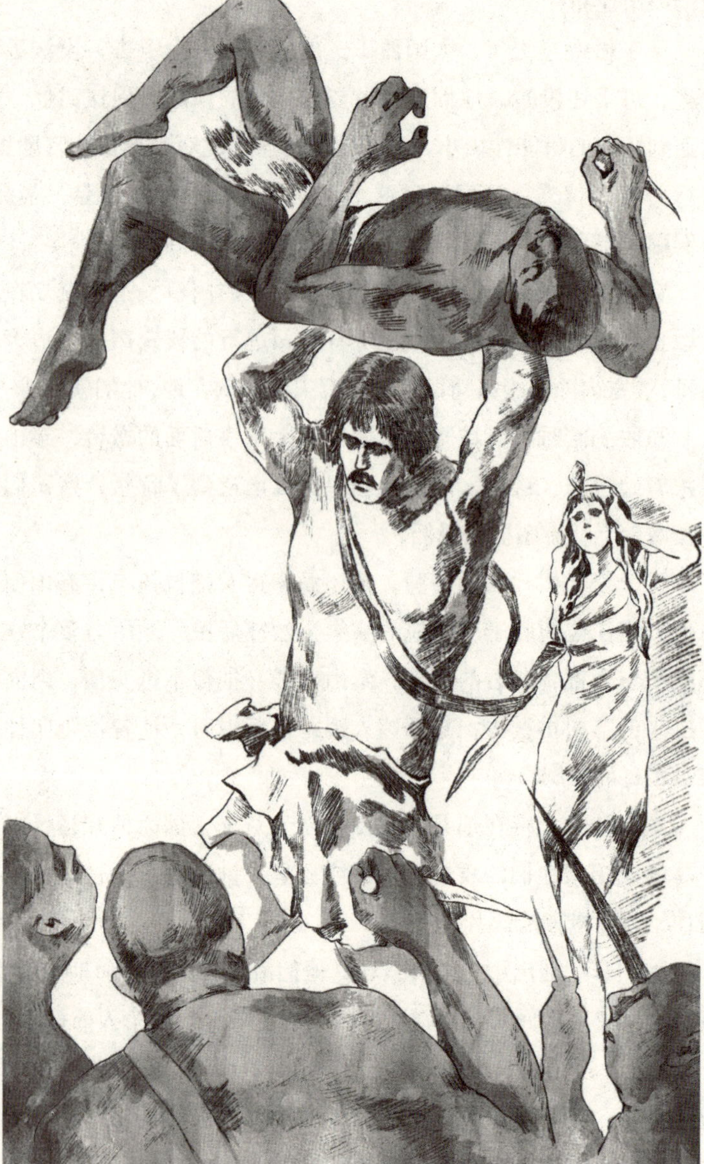

接下来的路，泰山不需要指引。他跑得比拉快，意识到祭司们就要追上来了，于是将拉一把抱起，快速穿过神庙室内，朝内墙的方向走去。他们走过室内，穿过庭院和外墙后，祭司仍在后面穷追不舍，诺亚尖叫着，在后面催促祭司们加快速度。

他们一路逃跑，穿过荒凉的山谷。此时，祭司被他们远远地甩在后面，因为他们的腿短而弯曲，即使泰山还抱着拉，他们也无法和泰山干净利落的步伐相提并论。

太阳落山了，热带地区这个时间已是天黑，追赶他们的祭司很快在他们的视线里消失了。过了一会儿，后面追赶的声音听不见了，泰山知道，他们放弃了追赶，因为欧帕人不喜欢外面世界的黑暗。

泰山停住脚步，把拉放到地上，但她的胳膊一直绕着他的脖子不松手。拉紧靠着他的身体，脸贴着他的胸脯，突然哭了起来。

"拉，你不要哭了，"泰山说道，"我们一定会回来的，等我们回来之时，就是你重新坐上王位之日。"

"我不是因这个而哭。"她说道。

"那你为什么哭？"泰山问道。

"我是喜极而泣，"拉说道，"感到开心或许是因为，现在能一直和你待在一起。"

泰山出于怜悯，抱了她一会儿，然后他们朝悬崖的方向走去。

那晚，泰山和拉睡在山脚下的一棵大树上。泰山在两个树枝间，为拉搭了一个简陋的长榻，自己则在下面几英尺处的树杈上休息。

泰山醒来时天刚亮，此时天色阴沉，感觉将要下一场暴雨。他已经很长时间没进食了，他知道，拉从昨天早上起，就一直没吃东西。所以，现在食物是当务之急，必须在暴雨来临之前，尽快找到食物，带回来给拉。泰山极度渴望肉食，虽然他更喜欢吃生肉，但他必须生火，把烤熟的肉给拉吃。泰山看向拉的小床，发现她还没醒，想必是昨天经历了那些波折，筋疲力尽了。泰山爬到附近的一棵树上，准备出发，寻找食物。

泰山在树叶间顺风穿行，他调动所有敏锐的感官，搜寻猎物。和狮子一样，泰山特别爱吃斑马，其次爱吃羚羊、野猪，但这些野兽，他在丛林里通通没看见，只闻到狮子的味道。其中混杂着猴子的味道，这个味道或多或少，和人类的气味有点像。对搜寻猎物的野兽来说，时间的意义不大，对泰山来说，也同样如此，他出来的目的就是寻找肉食，只有捕到猎物，他才会返回。

拉醒来后，扫视了一下周围环境。可爱的嘴巴微微张开，脸上浮现出开心满意的笑容，露出一排整齐好看的牙齿。她舒了一口气，低声喊着心爱之人的名字："泰山！"

没有回应，于是她又叫了一遍。这次声音更大了，可还是一片寂静。拉感到一丝焦虑，用手肘把自己撑坐起来，倚靠在小床旁边。她往下面看，发现树下空空如也。

她想，或许泰山出去打猎了，尽管事实如此，但仍为他的离开感到忧虑。拉等的时间越长，心里越焦虑不安。她知道，泰山不爱自己，也知道自己对他来说是个累赘。她也清楚，泰山如同野兽一般，就像森林里的狮子渴望自由，自由使它们充满生气。对于泰山来说，一定也是如此。也许他没能抵住自由的诱惑，于是在她睡着后离开了。

拉没有受过教育，也不懂道德准则，如果她懂这些，就会知道泰山不辞而别另有缘由。在欧帕，那里的人冷血自私，残忍狠毒，他们不具备文明人类细腻的感情，也没有高尚的品性，就连很多野兽都具备这种品性。在欧帕社会里，拉对泰山的感情是她的软肋。她意识到，自己会毫无顾虑，抛弃不爱的人，她没有斥责泰山的行为，因为换作她自己也会这么做，她也没有因此恶意揣度，他的行为不符合他高尚的品德。

她从树上下来，试图制定未来的计划。此时的拉既孤独又沮丧，除了欧帕没地方可去。

于是她朝欧帕的方向往回走，还没走远，便意识到这个计划不仅具有危险性，而且行不通。欧帕现在由诺亚和杜统治，回去只是死路一条。她知道达鲁斯背叛了自己，已经对他彻底失望了。拉接受了达鲁斯背叛的事实，这也表明，她对于过去待她友善的人，已经不抱任何期望了。但她也意识到，没有外界的帮助，要夺回王位是毫无希望的。拉不指望自己能过上幸福的生活，但对生存的意志却坚定于心。或许，她心里充满着的更多的是勇气，而不是对死亡的恐惧。对拉来说，畏惧死亡是另一种失败的形式。

拉从树上下来，在小路上走了一段距离，停了下来。她没有任何指引，思索着该往哪个方向走。只要不回欧帕，无论去哪儿都将是新的道路。那里有各种陌生的人，各种陌生的体验，她就像从其他星球，或从她祖先时期、消失已久的大陆突然来到这里一样，这里的一切对她来说都是新鲜的。

她突然想到，在这个陌生的世界会有像泰山一样慷慨仗义的人。至少在这里，她能找到希望，而在欧帕，毫无希望可言。于是，她转身又往回走。这时天上乌云滚滚，暴风之神正集聚力量。此时，一只黄褐色的野兽，眼睛闪闪发光，在小路旁的灌木丛里，偷偷跟着她。

背 叛 | 075

Chapter 7
搜寻无果

  泰山为了寻找猎物,走了很远的路。终于,他嗅到了野猪的味道,停住脚步,然后静静地深吸一口气,把空气吸进肚子,古铜色胸脯胀得鼓鼓的。泰山尝到了胜利的果实,他感觉红色的血液流遍全身,此刻身上每一处纤维都异常兴奋——这是野兽嗅到猎物时,极度兴奋的表现。这时,他悄悄走向猎物,动作迅速。

  泰山很快便走到它附近。这只野猪正调皮地用长牙撕扯一棵小树的树皮,它的动作有力而敏捷,长牙闪闪发亮。泰山沉着冷静,躲在野猪上方大树的叶子里。

  滚滚的乌云里划过一道明亮的闪电,雷声轰鸣,下起了暴风雨。野猪一直毫无察觉。这时泰山手里握着猎刀,从树上跳下来,落在野猪的背上。

  泰山沉重的身体把野猪压倒在地,它还来不及挣扎着站起来,泰山就用锋利的刀片割断了它的颈静脉。顿时,血从伤口喷涌而出,

搜寻无果 | 077

野猪试图站起来反抗,但泰山结实的胳膊将它压倒在地。过了一会儿,野猪抽搐颤抖了一阵就死了。

泰山跳起来,一只脚踩在野猪的身上,仰面朝着天空,发出巨猿胜利的呐喊。

正在行军的一行人,隐隐约约听到了可怕的叫喊声。队伍里的土著停了下来,眼睛睁得大大的。

"那是什么鬼声音?"兹弗里问道。

"听起来像豹子的声音。"科尔特说道。

"那不是豹子发出的,"基特伯说道,"那要么是公猿捕到猎物的叫喊声,要么是——"

"是什么?"兹弗里追问道。

基特伯惊恐地看向声音传来的方向,说道:"我们还是离开这里吧。"

又有一道闪电划过,雷声轰隆,倾盆大雨向队伍袭来,他们跟跟跄跄,朝欧帕悬崖的方向前进。此时拉浑身又冷又湿,她蜷缩在一棵大树下。她身体几乎赤裸,在狂怒的暴风雨下,大树只能遮住她部分身体。在几码外茂密的灌木丛中,一只黄褐色的食肉动物一动不动地盯着她。

暴风雨狂怒了一小段时间,便停息了。小路一片狼藉,暴雨后形成了一条湍急的泥水。拉浑身冰冷,她拼命地向前走,让寒冷的身体尽快暖和起来。

拉知道这条路一定能通向某个地方,她希望那个地方会是泰山的领土。倘若她能生活在那里,偶尔见见他,就能叫她心满意足了。哪怕知道他在附近,都胜过对他一无所知。当然她对这个广袤的世界没有一点概念,要是她知道这片森林有多大,一定会震惊不已。在拉想象中,世界很小,那里分散着像欧帕城一样的城市，城里的居民都是她熟悉的生物，有长得像欧帕城民的人，他们身材扭曲，浑身长满疙瘩；有像泰山一样的白人；还有像她见过的土著黑人，以及粗野的大猩猩，如大猩猩，它们曾守护过钻石宫殿的山谷。

拉边走边想，最后走到一块空地，暖暖的阳光倾泻而下，洒在空地上。她朝空地中央的大圆石走去，雨停后，她的身体又被树上叶子的滴水打湿了。她想坐在圆石上面，沐浴温暖的阳光，让身体完全烘干，变得暖和起来。

她坐下时，发现前面空地边有动静。过了一会儿，一只豹子跳了出来，它看见了拉，停了下来。显然，这只豹子和拉一样非常惊讶，它很肯定，这个突如其来的猎物手无寸铁，于是抽动着尾巴，慢慢向前靠近。

拉站了起来，从腰带拔出达鲁斯的匕首。她知道和豹子对抗是徒劳的，它只要跳几下就能追上她，现在就算有棵树让她爬上去，也无济于事。她知道抵抗一点用都没有，但不战而降也不是她的作风。

她的胸前戴着金属圆盘，这是由古欧帕时期的金匠精细打造而成的。圆盘随着她的心跳上下浮动，或许她的心跳得更快一点。豹子逐渐向她靠近，拉知道它很快就要扑过来了。突然它的身子挺了起来，背呈拱形，嘴巴张得大大的，发出可怕的咆哮声。这时，一道黄褐色条纹从拉后面"嗖"地一下掠过，只见一只大狮子扑向正要袭击她的豹子。

豹子立刻转身逃跑，但已经太迟了，狮子抓住了它的颈背，用牙齿和爪子将它的脑袋使劲往后扭拽，豹子的脊柱"啪"的一声断裂。狮子不屑一顾地把它往旁边一扔，转身向拉跑去。

她恍然大悟。这只狮子一直悄悄跟踪她，眼看豹子就要抓走它的猎物，于是跳出来争抢。虽然她得救了，但很快又落入了另一只野兽的魔爪，而且这只野兽更加可怕。

狮子一直静静地看着她。她不知道，这只狮子为什么还不扑向她，宣夺自己的猎物。然而，她不知道的是，狮子闻到她身上的味道，想起了过去的事情。当时，狮子的主人泰山被绑在欧帕祭坛上，它正守护着他。这时有个女人过来了，那个女人正是拉。当时泰山告诉它，不能伤害拉。最后，拉走向泰山，砍断了束缚他的镣铐。

它深深地记得这件事。既然自己不能伤害她，也不能让其他动物伤害她，于是它杀死了这只豹子。

但拉并不知道这一切，她没有认出它。她只想知道，这种状态还要持续多久。这时，狮子向她走去，她鼓足勇气，准备应对它的攻击，但它的态度让拉捉摸不透。它没有扑过来，只是朝她走去，离她还有几码距离时，它半转过身，趴在地上打呵欠。

拉站在那儿，看着它，但狮子不予理会，这个状态似乎持续了很长时间。拉猜想：会不会这只狮子对到手的猎物很有把握，它还不饿，想要做好了充分准备再动手。这个想法非常可怕，连一向勇敢的拉在面对如此压力时，都开始害怕起来。

她清楚自己逃不掉，但与其这么拖着，还不如立刻把她杀了。于是，她决定尽快了解这件事，想彻底弄清，这只狮子究竟是把她当作了猎物，还是会任由她离开。

拉鼓足勇气，把刀尖对着自己的心脏，勇敢地从狮子身边走过去。要是狮子朝她扑来，就把匕首插进自己的心脏，立刻结束痛苦。

但狮子一动不动，只是慵懒地半闭着眼睛，看着她走过空地，最后消失在小路的转角处，走进了丛林里。一整天，拉带着坚定的决心前行，寻找像欧帕一样的城市。森林的广袤使她感到震惊，而森林的孤寂又令她感到恐惧。但她确信，很快就能到泰山的领土。路上拉找了些水果和植物的块茎充饥。她走的这条小路通向山谷，有小溪从山谷中经过，但她并不需要水喝。夜晚再次降临，却仍没有看到人，也没看到城市。今晚拉又在树上睡觉，但这一次，泰山不在她身边，没人给她搭小床，守护她，保证她的安全。

泰山杀死野猪后，砍下它的四肢，动身往回走。这场暴风雨使他的进程比预期的慢很多，尽管走了很久的路，还未达目的地，他才意识到，为了寻找猎物，走的路比想象中的还要远。

最后泰山走到目的地时，发现拉不在树上，他感到一丝不安。他想着，或许暴雨过后，她从树上下来，伸展一下四肢。泰山大声喊了几次她的名字，都没有回应，现在他真的为拉的安全感到担心。他从树上跳下来，寻找拉的脚印，他在树下发现，她的脚印还没有完全被雨水冲刷干净，脚印朝着欧帕的方向。尽管走到小路上，脚印消失了，路的尽头是奔流的小溪，但他猜到了拉的去向，并且十分确信，于是动身朝着悬崖的方向前进。

既然拉想回欧帕，泰山自然猜到她回去的原因，因而深感内疚，责怪自己考虑不周，离开那么长时间，却没有事先告知她离开的原因。

泰山心里断定，拉一定觉得自己被丢下了，才决定回去，回到她唯一熟悉的家，回到她唯一觉得有希望找到朋友的地方。但是拉能否找到朋友，他对此表示怀疑。他坚信，只有带上足够强大的军队，才能回到欧帕，才能确保最终能推翻敌人的统治。

泰山暂时放下对付远征队的计划，等找到拉，就把她带回自己的国家——瓦兹瑞。他要召集厉害的士兵，组成一个军队，保证拉安全、成功地返回欧帕。泰山不爱说话，所以没有跟她说明离开的原因，现在后悔不已。因为他坚信，要是告诉了拉离开的目的，她就不会独自返回欧帕。

但他也没有为此过多担心。因为他相信，在拉回到欧帕前就能追上她。泰山习惯了时刻面临森林里的危险，但他并没有把这些危险放在心上。我们平日通常要做一些事情，虽然这些事在我们看来枯燥单调，每天在我们身边上演，但我们时刻会受到死亡的威胁，森林里的动物也同样会遇到这种时刻潜在的危险。

泰山时刻寻找拉的身影。他从小路后面横穿过去，来到了欧帕对面的悬崖脚下。他疑惑了起来，在这么短的时间里，她不可能走了这么长的距离。他又爬上悬崖，走到平坦的山顶，俯瞰远处的欧帕。暴风雨过后，这里只下了些小雨，山谷下面的道路，以及小路平地上只有昨晚他自己和拉留下的脚印，除此之外，再也没有发现能证明她已经回去的其他脚印了。他向山谷另一边望去，没有看见任何移动的身影。

拉现在怎么样了？她会去哪里呢？他脚下广袤的森林里有数不尽的小路，在某条路上，刚被打湿的泥土里，一定有她留下的脚印。但是他意识到，要找到她的脚印既费事又困难。

泰山怀着沉重的心情走下山崖，这时他注意到下面森林边上有动静。他立刻躲在低矮的灌木丛后面，盯着有动静的地方。他看见一列队伍，其中领头的人从森林里出来，走到了开阔的空地，朝山崖脚下的方向走去。

泰山不知道兹弗里第一次远征时，在欧帕遭遇的情况，那时他还被关在城下的牢房里。泰山知道，这个队伍之前在去欧帕路上，结果却神秘地消失不见了，这令他困惑不解。但他们竟然又在这出现了，这些人之前去了哪里，此时对他来说无关紧要。

泰山希望此时有弓有箭，但他的弓箭被欧帕的祭司收缴了。

他逃走后,没有机会找到其他武器。虽然他手上没有弓箭,但仍有其他干扰他们的办法。他从山顶看见他们向山脚靠近,就要上山了。

山顶的平地上散落着很多圆石,他挑了一个大的。队伍的首领到了半山腰,其他人排成一条线跟在他后面。泰山把岩石从悬崖边上朝他们推下去。岩石滚了下去,从兹弗里身边擦过去,又撞上他旁边凸起的石头弹了起来,接着从科尔特的脑袋上方跃过,最终滚落到悬崖基部,将基特伯的两名士兵撞死了。

他们立刻停下来。参加了第一次远征的几个土著仓皇逃走了。远征队伍一团混乱,完全崩溃。他们离欧帕越近,神经就变得越敏感。

"快拦住那几个胆小鬼,"兹弗里对队伍后面的多斯凯和伊维奇喊道,"谁愿意到山顶查看一下情况?"

"我去。"罗梅罗说道。

"我可以跟他一块儿去。"科尔特说道。

"还有其他人愿意去吗?"兹弗里问道,但没有其他人愿意。这时,罗梅罗和科尔特朝着山顶往上爬。

"带上几把枪掩护我们上去,"科尔特朝后面的兹弗里喊道,"不要让上面的人靠近悬崖边。"

兹弗里向几个没有逃跑的民工下达命令。他们开枪时,那些一开始逃跑的土著黑人吓得不敢继续撤退了。不久,多斯凯和伊维奇把士兵重新召集起来,继续向山顶攀爬。

泰山完全意识到无法阻止他们上山,于是迅速从悬崖边上撤离,转移到了另一个地点。他躲在坍塌的大花岗石后面。这里有一条陡峭的小路,可以走到山脚。于是,他继续待在这里,观察形势,一旦有情况,就迅速撤离。泰山看见罗梅罗和科尔特到达了山顶,

搜寻无果 | 083

很快认出了科尔特，因为之前在敌人的营地里见过他。科尔特给泰山留下了很深的印象。他和他的同伴面对山顶上未知的危险，带领整个队伍爬上山顶。泰山承认，他们的确勇敢无畏。

罗梅罗和科尔特迅速环顾四周，没有看见任何敌人，然后把山顶上的情况，传达给其他还在上山的同伴。

泰山在这个绝佳的观测位置，看到远征队伍爬上山顶，朝着欧帕继续前进。他认为他们绝不可能找到宝藏墓穴。既然拉不在城里，他也不用在意欧帕其他人的命运。泰山认为，远征队无论在光秃秃、无人居住的欧帕平原，还是在欧帕城内，都无法实现他们的计划。之前在营地里，卓拉向科尔特解释远征计划时，他偷听到了。泰山知道，他们最后一定会无果而返。在此期间，他可以继续寻找拉。兹弗里带领远征队，又一次向欧帕前进，而泰山从悬崖边上溜了下去，迅速滑到下面的森林里。

在森林里的河岸上，泰山发现了一个已经建好的营地。他突然料想到，搬运工并没有随远征队上山，于是自然认为，这是他们在欧帕附近临时驻扎的营地。他猜想，这个营地里或许能找到拉。

正如他所料，这里也是过去泰山和瓦兹瑞士兵经常搭建营地的地方。营地周围有一个荆棘围成的防护场地，场地年久老化，但多年来一直有新来的人修理。围场里有许多简陋的帐篷，营地中间的帐篷是白人的。搬运工在树荫下打盹儿，一个民兵在站岗，其他的民兵懒洋洋地躺着。泰山看见他们身边都放着来复枪，但就是没看见拉。

泰山在营地周围，顺风移动。如果拉被关在这里，就能嗅到她的气味。但这里的烟味、土著人体味太重。他猜想，或许拉的气味被这些气味掩盖了。于是，他决定等天黑时，再仔细调查一番。泰山看见营地里配备着许多武器，而他现在急需的就是武器，于是更加坚定了晚上行动的决定。这里每一个士兵都装备了来复枪，但还有一些仍沿袭过去的习惯，使用弓箭，这是他们祖先时期用的武器，除此之外还有许多支长矛。

泰山将近两天没吃东西，只吃了几口生野猪肉，现在饿得要命。发现拉不见后，他把野猪四肢藏在他们之前待了一晚上的树丛里，便出发寻找拉，可毫无结果。等待天黑来临的时间里，他又出去寻找猎物。这次抓到的猎物是羚羊。泰山饱餐一顿后，才把猎物扔了，然后爬到附近的树上，躺下睡觉。

阿布·巴特对欧洲人，及他们的宗教存在固有的反感。他对兹弗里的愤怒根植于这种种族上的憎恶。兹弗里嘲讽他和自己手下胆小懦弱，这就更加激化了阿布·巴特对兹弗里的憎恨。

"这只狗崽子！"阿布·巴特脱口骂道，"他居然叫我胆小鬼，我们可是阿拉伯人，他居然对待我们像对待老人一样，让我们和仆人留在这里看守营地和女人。"

"可他受真主指示，"其中一个阿拉伯人说道，"推行伟大事业，帮我们把所有的外国佬赶出非洲。"

"胡说八道！"阿布·巴特脱口说道，"我们有什么证据证明这些人会遵守承诺？我宁愿待在沙漠，自由自在，什么样的财富都可以得到，也不愿一直和这些猪一样的外国佬，待在同一个营地里。"

"我们指望不上他们。"另一个阿拉伯人咕哝道。

"我看那个女人不错，"阿布·巴特说道，"她对我们倒有点价值。我知道有座城市，把她卖到那里，可以换取大量的黄金。"

"他们首领的行李箱里藏着很多金银财宝，"他们其中一个人说道，"他们首领的仆人告诉了一个盖拉族士兵，那个盖拉族士兵又说给了我听。"

"只要我们洗劫营地就能发财。"一个皮肤黝黑的士兵提议说。

"要是我们这么做，事业就会失败。"第一个回应阿布·巴特的阿拉伯人说道。

"这是那个俄国人的事业，"阿布·巴特说道，"完成事业只是为了谋取利益。那只猪不是时刻提醒我们，只要把英国的统治推翻，就能得到金钱、女人和权力吗？人类只受贪婪驱使。我们提前获取属于我们的利益，然后离开。"

此时瓦马拉正为卓拉做晚餐。"之前，和你一起留在营地的、棕色皮肤的老爷不是个好人。"瓦马拉说道，"我也不喜欢那个阿布·巴特酋长，他也不是好人。我希望科尔特先生在这里。"

"我也希望，"卓拉说道，"自从远征队伍回来后，我发现阿拉伯人一直闷闷不乐。"

"他们在他们首领的帐篷里谈了一整天，"瓦马拉说道，"而且阿布·巴特时不时地看着你。"

"瓦马拉，这只是你的臆想，"卓拉回复道，"他不敢对我怎样。"

"可又有谁会想到，那个棕色皮肤的老爷竟敢伤害你？"瓦马拉提醒道。

"瓦马拉别说了，你这样说我会害怕的，"卓拉说，接着她突然又说道，"瓦马拉，快看！那是谁？"

瓦马拉把目光转向卓拉看的方向。营地的边上站着一个漂亮的女人，就算恬淡寡欲的人看见了，也会发出惊叹。她一声不响，站在营地边缘，注视着他们。这个女人几乎赤裸着身体，她美丽动人的外表十分引人注目，坚挺的胸部上遮盖着两个金色圆盘，胯部围着一条细窄的三角布，上面嵌着许多金色珍贵的石头。三角布前后连着宽宽的软皮布条，上面有个由金子和宝石镶嵌而成的图案，底座上停着一只长相怪异的鸟。她穿着一双凉鞋，上面沾满了泥土。一头波浪卷发,在太阳的余晖下闪着金铜色的光芒,椭圆形的脸为头发半遮着,细窄的眉毛下面,一双灰色无惧的眼睛正看着他们。

一些阿拉伯人看见了她,向她走来。她迅速地将目光转向那些阿拉伯人。卓拉迅速站起来,朝女孩走去,赶在阿拉伯人前面,来到她身边。卓拉走近这个陌生的女孩,微笑着向她伸出手。拉从卓拉的微笑中,感受到了一种友好的态度。

"你是谁?"卓拉问道,"你一个人在森林里做什么?"

拉摇了摇头,用卓拉听不懂的语言回答。

卓拉精通各种语言。她用尽了所学的每种语言,包括一些班图方言的短语,但还是无法跟拉沟通。她漂亮的脸蛋和姣好的身材,愈加增添了她的神秘感,也更加激起了卓拉对她的好奇心。

阿拉伯人跟她讲阿拉伯语,瓦马拉用自己部落的方言跟她讲话,都无济于事。卓拉把手搭在她肩上,领她去自己的帐篷里。帐篷里,拉用手势告诉卓拉,她想沐浴,卓拉便让瓦马拉为她准备澡盆。晚餐做好后,拉从帐子里出来,洗完澡后整个人神清气爽。

卓拉坐在她对面,从未见过哪个女人如此美丽动人。拉美丽的外表令卓拉印象深刻。卓拉想着,眼前这个人与周围的环境多么地格格不入,但仍然保持着女王般庄严的举止,而不是像外来人一样感到拘束。卓拉对此惊讶不已。

卓拉通过手势和动作,试图和拉沟通。透着君主威严的拉居然笑了,也试着用这种方法跟卓拉沟通。最后,卓拉知道,她的客人受到一群人的威胁。那些人握着棍棒,拿着刀子,逼迫她离开自己的家。她走了很长一段路,遭到狮子,或豹子的袭击,疲惫不堪。

吃完晚餐,瓦马拉在帐篷里,为拉铺设了一张小床。卓拉看见了阿拉伯人脸上露出的表情,替她这位美丽客人的安全感到担忧。

"瓦马拉,今晚你睡在帐子门口,"卓拉说道,"拿着这把手枪。"

阿布·巴特穿着山羊毛大衣,和他部落带头的手下聊了很长时间,一直聊到夜晚。"这个女人一定能卖个大价钱,这个机会绝无仅有啊。"

泰山睡醒过来,透过树叶,望着天上的星星,发现夜晚过半,站起身来伸展四肢。他吃了一些野猪肉,就悄悄溜进夜幕里。

山脚下的营地一片寂静。营地里的人都睡了,只有一个民工在看守营地,增添柴火,防止野兽袭击。营地边缘的树里,两只眼睛正盯着他。民兵看向别处时,一个身影偷偷跳进漆黑的阴影里,溜到搬运工的帐篷后面,蹑手蹑脚地移动。他偶尔停下来,吸了吸鼻子,嗅着空气的味道。

最后,他借着夜影,走到欧洲人的帐篷区,一个接一个地在帐篷后面划开洞口,溜了进去。泰山正试图往里寻找拉,但没有找到,非常失望。接着他另有打算。他绕了营地半圈,偶尔贴在地上,一寸一寸地匍匐前行,以免被看守的民兵发现。泰山又溜进其他民兵的帐篷,拿了一把弓和几支箭,还有一支结实的长矛。但他觉得这些还不够。

泰山蹲伏了很长时间,等着坐在火堆旁的民兵调转方向。

不久,看守的民兵起身,往火里扔了几根干巴巴的木柴,然后走向他同伴的帐篷,把一个人叫醒替他看守。泰山等的就是这一刻。这时轮班的民兵走向泰山躲藏的地方。他从泰山身边经过时,毫无察觉。这时,泰山跳了起来,迅速闪到民兵身后,用强壮的胳膊抱住他,一把将他扛到自己宽厚的、古铜色的肩上。

正如泰山所料,肩上的男人吓得发出一声尖叫,吵醒了他的同伴。泰山从火堆旁离开,迅速从营地的夜影中穿过。男人在他肩上挣扎,但徒劳无用。泰山跳过防护栏,消失在那边漆黑的丛林里。

袭击发生得猝不及防,民兵彻底惊呆了,以至于泰山将他轻轻抛到肩上时,奋力挣扎中,那只握着枪支的手松开了。

他的尖叫声在森林里回荡。他的同伴受到惊吓,立刻从帐篷里出来,正好看见一个模糊的身影跳过防护栏,消失在黑暗中。他们害怕地一时呆站在那儿,听着同伴的叫喊声逐渐减弱。很快,声音消失了,就像听到时一样突然。这时他们首领说话了。

"是狮子!"他说道。

"不是狮子,"另一个人肯定地说,"他跳起来的时候,我见他有两条腿,倒像是个人。"

不久漆黑的丛林里传来叫喊声,声音持续冗长,惊悚可怕。"这既不是人的声音,也不是狮子的声音。"首领说道。

"一定是魔鬼发出的声音。"另一个人小声地说道。他们围聚在火边,往火堆里扔干木柴。火焰"噼啪"作响往上蹿。

泰山在漆黑的丛林里停下来,把长矛和弓箭搁在旁边。他本可以使用它们,但无奈一只手扛着民兵。泰山放下武器后,用手掐住民兵的喉咙。他顿时停止了叫喊。过了一会儿,泰山把手松开了,民兵没有再发出叫喊声,因为他害怕会再次被钢铁般的手紧紧地掐住喉咙。泰山一把将他拽了起来,夺走了他的匕首,弯腰重新捡起长矛和弓箭,然后抓着他厚厚的羊毛衣,推搡着他向丛林深处走去。这时,泰山发出了巨猿胜利的叫喊声。这一吼,不仅让民兵感到害怕,也会使他营地的同伴受到影响。

泰山并不打算伤害这个土著黑人,因为他的敌人不是这些头脑简单,被白人利用的黑人。但必要之时,他会毫不犹豫,夺走他的性命。泰山十分了解这些土著黑人,他知道,不用杀戮流血就能达到目的。

那些白人没有土著黑人的帮助,什么都无法实现。如果可以成功削弱土著黑人的士气,白人的计划会全然遭到挫败,就好像已经摧毁了他们的计划一样。他相信,土著黑人们不会一直待在这片地区,因为在这里土著黑人们会不断想到邪恶、超自然的敌人。这个计策非常符合他冷酷的幽默感。对泰山来说,这种乐趣是从杀戮中无法感受到的。

泰山让民兵走在前面。两个人一声不吭,走了一个小时。泰山知道,这就足以让这个土著神经紧张。最后,他让民兵停下来,脱光他身上的衣服,解下他腰上的布料,随意绑住他的手脚。

他把民兵的子弹带和其他物品占为己有。泰山知道他不久会挣脱束缚,于是离开了。他相信,这位土著黑人逃跑后,一辈子都会以为,自己险些落入可怕的命运。

泰山非常满意今晚的杰作,回到藏着野猪尸体的树上,又吃了一些野猪肉,然后躺下睡觉。第二天早上,他又继续寻找拉。泰山按照足迹指引的去向,根据大致的方向,来到欧帕悬崖对面的山谷里寻找她的踪迹。而事实上,拉沿着山谷,朝泰山相反的方向走了。

Chapter 8
阿布·巴特叛变

夜幕降临，受惊的小奇玛躲在树顶上。几天里，它一直在丛林里悠闲地晃悠，在能够急中生智的短暂片刻，寻找问题的解决方法。但有时它很快就会忘记自己的目的，转眼间便在树林间摇荡蹦跳；有时它灵敏的感官觉察到附近有天敌出没，突如其来的恐惧又让它把重要的事情抛到脑后。

小奇玛陷入悲伤，这种难过真实而痛苦。它一想到泰山离开了，不觉热泪盈眶。有个信念始终潜藏在小奇玛心里。它想找人营救泰山，无论如何，一定要找到外援。小奇玛想到了高大的瓦兹瑞士兵。他们效忠于泰山，但小奇玛不知道他们在哪儿。他们此时正朝着瓦兹瑞国家的方向前进。在小奇玛看来，时间无法解决任何问题。它看见泰山活着进入欧帕，没看见他被杀死，也没看见他从欧帕城里出来，所以依据它的逻辑，泰山一定还在城里，且安然无恙。但欧帕到处都是敌人，泰山一定遇到了危险。倘若事情一旦发生，便已成定局。小奇玛无法想象到事情的变化，所以无论今明能否找到瓦兹瑞士兵，都无法改变结果。小奇玛希望瓦兹瑞士兵前去欧帕，杀死泰山的敌人。这样，小奇玛又能和泰山待在一起，再也不用害怕豹子、狮子和蛇了。

夜幕降临，小奇玛在森林里听到轻轻的敲打声。它直起身子，专注地听。敲击声越来越大，声音在丛林中缓缓移动。小奇玛发现，声音的源头离得并不远。它的情绪高涨了起来。天边月亮高挂，丛林树影幢幢。小奇玛内心十分纠结，既想去鼓声所在的地方，一探究竟，又害怕路上会遇到危险。最终，小奇玛的好奇心战胜了它的恐惧。它爬到树顶相对安全的地方，向敲击声戛然而止的方向飞奔过去，最后在类似圆形的空地上方停了下来。

月光下，小奇玛觉得下面的场景似曾相识，它看见托亚特的巨猿们跳着死亡之舞。

圆形空地中间放着一个引人注目的陶制鼓，这是古老原始时期使用的鼓，现在已经十分罕见了。两只母猿坐在鼓前，用短小的木棍敲打鼓面，发出响亮的声音。敲击的调子粗糙，却富有节奏感。公猿随意地站成一个圆形，手舞足蹈，其他的母猿和小猿则蹲在一条细窄的外围线内，围着公猿，观看仪式。它们被这个原始场面深深吸引了。鼓的附近放着豹子的尸体。巨猿们正在举行仪式，庆祝它们杀死了猎物。

不久，跳着舞的公猿冲向豹子的尸体，用沉重的棍棒敲打它，接着又跳回原来的位置继续跳舞。当它们将狩猎、攻击猎物、杀死猎物的场景通过仪式再现后，扔掉了手中的棍棒，张开嘴露出尖牙，向豹子的尸体扑去，互相争抢，撕扯瓜分大块上等的部位。

小奇玛既缺乏机智，又没有判断力。此时，托亚特部落的巨猿们因打鼓跳舞，变得异常兴奋，凡是比小奇玛聪明的动物，都会在巨猿跳舞和仪式结束之前保持沉默,直到它们第二天从这种疯狂的状态中平静下来。然而,小奇玛只是只猴子,它希望立刻获得的不是内心的平静和十足的耐心。它将尾巴挂在高高的树枝上摇荡,大声地喋喋不休,吸引下面巨猿的注意。

"托亚特!加亚特!祖索!"它大声喊道,"泰山有危险!跟我一起去救他吧!"

托亚特停了下来,抬头向上看。"猴子,给我走开,"它怒吼道,"再不走就杀了你!"但小奇玛认为,巨猿们抓不到他。于是继续挂在树枝上摇荡,冲它们大喊尖叫。最后托亚特派了一只体型不大的小猿爬到树上去抓它,要把它杀了。

小奇玛对这个突发事件毫无预料。小奇玛同许多人类一样,以为自己在意的事情,别人也会和它一样在意,所以它一开始听见沉重的击鼓声,就立刻奔去。小奇玛以为,那些巨猿知道泰山有难,会立刻出发去欧帕。

然而,情况和自己想的完全不同。小猿跳到树上时,它才清楚地认识到,自己错误的判断带来了真正的威胁。小奇玛吓得发出大声的尖叫,在黑夜中逃跑了。它拼命地奔跑,把它们甩开了一长段距离,才停下来。小奇玛已经气喘吁吁,疲惫不堪了。

拉在帐篷里醒来了。她看着卓拉,打量着她周围陌生的物品。后来,她的目光又落在熟睡的卓拉的脸上。拉确信,这些人一定是泰山的朋友,因为他们对待自己既友好,又礼貌,没有伤害她,还收留了她。这时拉的脑袋里又闪过新的想法。她眉头紧锁,瞳孔缩小,眼里突然闪着邪恶的光芒。她猜想,或许这个女人是泰山的妻子。她顿时握紧放在身边的刀柄。但是转瞬之间,邪恶的情绪不见了。拉知道,不能以怨报德,不能伤害泰山心爱之人。当卓拉睡醒睁开眼睛时,拉冲着她微笑。

如果拉让卓拉感到惊讶不已的话，那么营地其他人对拉神秘身份的好奇可谓是异常强烈了。拉身上的衣物虽然不多，但也丰富华丽，让人想起远古时期的装扮。拉的肌肤白得发亮。她穿着二十世纪的服饰，一切看起来和非洲中心的环境格格不入。卓拉根据过去的经验，也无法解开她身上的谜团。卓拉多么希望和她交流。这个美丽的女孩专注地看着她时，她只能回以微笑。

过去拉在欧帕生活的一切都由女祭司帮她打理。她习惯了那种生活，所以她对卓拉自给自足的本领感到非常惊讶。拉在起身洗澡到穿衣的整个过程中，瓦马拉只给她打了一桶热水，并把水倒进折叠的澡盆里，除此之外，没有其他伺候。拉过去连洗澡都有人伺候。但她并没有因此感到无助。或许她觉得，这种自给自足的新体验充满了乐趣。

欧帕的女人遵循的传统规定，和欧帕男人需要遵守的不同。她们必须严格注意身体清洁。以前，拉把大部分时间用在浴室洗澡、修剪指甲、清洁牙齿、梳理头发，以及用芳香软膏按摩身体上。这些习俗从文明古国沿袭下来，在欧帕具有宗教仪式的意义。

到了她们吃早餐的时间，瓦马拉给她们做好了早饭。她们坐在帐外的树荫下吃着粗糙的食物时，卓拉注意到阿拉伯人的帐子里有异乎寻常的活动。有时候，阿拉伯人会把帐篷挪到营地其他地方，但卓拉并没有想太多。

吃完早饭，卓拉取下来复枪，擦了擦膛径，又给后膛添了油。阿拉伯人不愿外出打猎，所以她今天打算自己出去打猎。拉饶有兴致地看着卓拉，目送她和瓦马拉，以及两个土著黑人搬运工离开。拉没有打算跟他们一起去打猎。虽然她也想去，但卓拉并没有暗示带她一起去。

伊本·达穆克是酋长的儿子，他的父亲和阿布·巴特来自同一个部落。在远征期间达穆克也是阿布·巴特的得力助手。达穆克用头巾遮住脸的下半部分，只露出了两只眼睛，在远处一直看着卓拉和拉。他看见卓拉带着一个扛枪工人和两个搬运工离开了营地，便知道她要出去打猎。

卓拉离开后的一段时间里，达穆克和他两个同伴静静地坐着。他突然站起来，悠闲地穿过营地，向拉走去。拉此时坐在卓拉帐篷前的椅子上陷入了沉思。当三个男人向她走来时，拉看着他们，本能地对陌生人产生怀疑。他们走近时，外表变得清晰可见。他们看起来狡猾邪恶，一点也不像泰山，所以拉本能地不信任他们。

他们站在拉面前，达穆克和她打招呼，他的声音温柔谄媚，但拉并没有受他迷惑，傲慢地看着他。她听不懂他说的话，她也不想知道他说什么，因为他的眼睛流露出的神情让她感到厌恶。拉摇了摇头，表示听不懂，然后转身离开，想要结束对话。而达穆克走近她，把手亲昵地搭在拉裸露的肩膀上。

顿时，拉的眼里闪着愤怒的光芒，跳了起来，一只手迅速握住刀柄。达穆克后退几步，他的一个同伴跳上去抓她。

糊涂的蠢货！拉像一只母狮一样扑向他。他的朋友还来不及阻止，拉就把锋利的匕首捅进了男人的胸膛，连捅了三次。男人喘着气，尖叫了一声，倒在地上死了。

拉的眼里冒着怒火，手里握着鲜血淋漓的匕首，站在尸体旁。阿布·巴特和其他阿拉伯人听到了死者临死前的叫声，迅速向他们跑去。

"往后退！"拉大喊道，"别用你们肮脏的手碰太阳神的高级女祭司。"

阿拉伯人听不懂她说的话，但能从她愤怒的眼神和鲜血淋漓的匕首理解她的意思。他们围着拉，和她保持一定距离，喋喋不休地说着。

"达穆克,这是什么情况?"阿布·巴特问道。

"多格曼就碰了她一下,这个女人就像母狮子一样向他扑去。"

"她真像一只母狮子,"阿布·巴特说道,"但不能伤害她。"

"我发誓不会伤害她!"达穆克大声说道,"但是她必须乖乖听话。"

"花大价钱买她的人会驯服她的,"阿布·巴特回应道,"我们只需要把她关起来,孩子们,给我围住她,把她手上的匕首夺下来,把她的手押在后面。在其他人回来前,我们洗劫营地,然后离开。"

十几个身强力壮的阿拉伯人同时朝拉扑去,"不能伤害她!不能伤害她!"阿布·巴特尖声说道。拉的确如一只母狮般,奋力保护自己。她握着匕首左右挥动,一通乱砍。其间,拉捅伤了好几个阿拉伯人,还未被降服。之后,又一个阿拉伯人被刺中心脏,倒下后,他们才将她制服,最后成功地夺走了她的匕首,束缚住了她的手。

阿布·巴特派两个士兵看守拉,接着又把留在营地的几个奴隶召集起来。阿布·巴特吩咐奴隶按他的要求,大量打包营地装备和食物用品。达穆克监视着他们工作。与此同时,阿布·巴特彻底搜查了欧洲人的帐篷,尤其是卓拉和兹弗里的,希望能在他们的帐篷里找到黄金,因为,据说兹弗里藏有大量黄金。阿布·巴特没有找到黄金,但没有彻底失望,因为在卓拉的帐篷里,找到了一个盒子,里面藏着相当多的金钱,但数量没他期望的那么多。其实,兹弗里预料到会有人叛变,于是偷偷地把大部分资金埋在帐篷下面。

卓拉没料到,这么顺利就打到了猎物。她离开营地近一个小时就发现了羚羊,连续开了两枪,就打死了好几只猎物。卓拉等着搬运工剥好猎物的皮，去除它们的内脏，然后他们不慌不忙地往营地走去。卓拉多少想到那些阿拉伯人令人不安的态度，可她中午到达营地时，对她受到的接待毫无准备。

卓拉走在最前面。瓦马拉扛着卓拉的枪支，很快跟了上来。搬运工扛着沉重的猎物，拖着踉跄的脚步，走在瓦马拉后面。就在卓拉要走近空地时，阿拉伯人从小路两旁的灌木丛中跳出来，其中两个阿拉伯人抓住瓦马拉，夺走他手里的枪支，其余的人用力摁住卓拉。她试图挣脱束缚，拔出手枪，但还没来得及做任何抵抗，就出其不意地遭到了攻击。卓拉被压制后，手被绑在了后面。

"这是什么意思？"她问道，"你们的酋长阿布·巴特在哪儿？"

他们大笑起来，"你很快就会见到他，"其中一个人说道，"他还有另一个客人要招待，所以不能来见你。"说到这儿，他们又大笑了起来。

卓拉走进空地时，看见了营地的整个情况。她被眼前的景象惊呆了。每个帐篷都被打劫了。阿拉伯人挂着枪支，背着小包行李，准备动身行军。留在营地里的几个土著黑人在沉重的行李前排成一排。营地剩下的、不够人手搬运的装备，都在空地中心垒成一堆。他们甚至点燃火把，把一堆东西烧了。

卓拉被他们押着，穿过空地向等待已久的阿拉伯人走去。她看见两个士兵中间夹着自己的客人，她的手被皮绳绑住了。阿布·巴特站在拉旁边，面色阴沉，目光狠毒地看着她。

"阿布·巴特，你为什么要这么做？"卓拉质问道。

"我们把国家出卖给外国佬，真主愤怒了，"阿布·巴特说道，"我们迷途知返，打算回到自己的部落去。"

"你打算怎么处置我和她？"卓拉问道。

"我会带着你们走一小段路程，"阿布·巴特回复道，"我认识一个非常有钱的男人,他很善良,会给你们一个幸福的家。"

"你的意思是,把我们卖给黑皮肤的苏丹人?"卓拉追问道。

阿布·巴特耸了耸肩,"我可没这么说,"他说道,"倒不如说,我把你们作为礼物,献给我非常要好的朋友,同时又把你们从这里救出去,一举两得。反正你们在丛林里也是死路一条。达到目的后,我们就会离开。"

"阿布·巴特,你这个虚伪的叛徒!"卓拉大声喊道,她的声音充满了对他的轻蔑。

"你们欧洲人就是爱辱骂人,"阿布·巴特冷笑着说,"要是兹弗里这只蠢猪没有辱骂我们,这一切就不会发生。"

"你们活该被骂!"卓拉问道,"就因为在欧帕他斥骂你们是懦夫吧?"

"够了!"阿布·巴特厉声说道,"孩子们跟上,我们走了。"

火焰卷烧着一大堆他们带不走的物资和设备时,阿拉伯人离开,向西前进。

卓拉和拉走在队伍最前面,阿拉伯人和搬运工走在她们后面,在小路上留下了他们各式各样的脚印,脚印将她们的足迹完全踩没了。要是她们能互相沟通的话,或许还能在困境中给自己一丝安慰。但拉听不懂他们的语言,卓拉也不乐意同那些阿拉伯人聊天。瓦马拉和其他人走在队伍的最后面,卓拉和他们离得太远,就算她乐意聊天,也说不上话。

卓拉为了打发时间,想了个主意:教拉学会一种欧洲语言。远征队里大多数人比较熟悉英语,于是卓拉决定先让她试试英语。

卓拉指着自己,对她说"女人"这个词,然后指着拉,又重复了一遍。她又接连指着几个阿拉伯人,每指一个,就对她说"男人"这个词。拉很快明白了卓拉的想法。她突然情绪高涨,学习劲头十足，嘴里一遍又一遍、轮流念着刚学的两个词。

卓拉又指着自己："卓拉。"拉困惑了片刻后，微笑着点了点头。

"卓拉，"拉指着卓拉说道，她又立刻用自己纤细的食指指着自己说，"拉。"

她们之间的教学这才开始。拉每个小时能学会几个单词，开始先学名词，描述频繁出现在她们面前的熟悉物品。

她学习速度惊人，可见她思维敏捷、头脑聪慧、记忆力强。一旦学会一个单词，就绝不会忘记。她的发音并不是非常标准，很明显带有外地口音。而这种口音，卓拉从未听过。她的口音充满魅力，卓拉怎么听都不会感到厌烦。

途中卓拉意识到，阿拉伯人会虐待她们的可能性极小。显然，阿布·巴特深信一个道理：潜在的买家见她们的状态越好，他自己换来的酬金就越丰厚。

他们穿过阿比西尼亚的盖拉地区，朝着西北方向前进。阿拉伯人说话时，卓拉听到了一些只言片语。阿布·巴特和他的跟随者非常担心，在这段路上他们会遇到危险。或许他们曾经在这里遇到过危险。多少年来，阿拉伯人为了俘获奴隶，劫掠盖拉地区。他们中的一个就是阿布·巴特从盖拉带回来的奴隶。

第二天，阿拉伯人将她们捆住的手松开，但仍时刻在她们周围看守。她们手无寸铁，冒险逃进丛林毫无可能。在丛林里，她们要么会被野兽包围，陷入危险的境地，要么会被饿死。如果阿布·巴特能读懂她们的心思，知道她们下定了决心要逃跑，而不肯乖乖跟他们走到目的地，一定会大为震惊。卓拉完全清楚自己会被带去哪儿，拉肯定也猜出个大概。

队伍到达盖拉边界时，拉在英语的学习上有了很大的进步。而她们都意识到，拉将要遇到新的麻烦。途中达穆克经常走在拉的旁边。当他看着拉时，眼里透露的想法不言而喻。而当阿布·巴特离他较近时，达穆克立刻看向别处。达穆克的举动让卓拉尤为担心。卓拉确信，达穆克诡计多端，一定在等待时机，好在有利的情况下，执行他早已计划好的阴谋，而且她非常清楚他的意图。

走到盖拉国的边境时，一条湍急的河水阻挡了他们的去路。他们无法正常从北面进入阿比西尼亚，也不敢往南面走，因为他们自然猜到了，远征队的人就在这个方向。他们无可奈何，只得在原地停留。与此同时，卓拉和拉也在等着达穆克发起叛变。

Chapter 9

被困欧帕死牢

兹弗里再一次来到了欧帕的城墙外。欧帕城民发出了可怕的叫喊声,他的黑人士兵听了,又变得胆战心惊。另外十个士兵,他们没有来过欧帕,这次自愿进城。他们听到森然的遗址里传来叫喊声,声音尖锐刺耳,令人毛骨悚然。他们停下脚步,浑身颤抖。

罗梅罗带领着他们向前走,科尔特紧跟在身后。按照计划,黑人们应该紧紧地跟着罗梅罗和科尔特,其余的白人尾随在最后。排成这样的队列可以集结黑人,给他们壮胆。必要的情况下,可以拿枪指着他们,威逼他们继续前进。即便如此,黑人们也不愿进入外墙的洞口。他们听到怪异胁迫的尖叫声后,士气消沉,丧失斗志。他们相信迷信,认为这是邪恶的魔鬼的声音。没有什么能抵抗它们,和它们作对。无视魔鬼警告的人只有死路一条。

"快点进去,你们这些卑劣的胆小鬼!"兹弗里大声叫道,拿着手枪威胁、逼迫他们进入洞口。

其中一个士兵举起来复枪恐吓道:"白人,放下武器,我们会和人类对抗,但不会和鬼魂战斗。"

"彼得,把枪放下,"多斯凯说道,"你这样威胁他们,会把我们一伙人都牵连进去。他们会杀了我们。"

于是兹弗里放下手枪,开始恳求他们进去,并向他们承诺:如果他们一起进城,就赏给他们丰厚的报酬。可这些土著黑人倔强执拗,无论如何都不敢冒险进城。

兹弗里眼看失败近在咫尺,此时他脑袋里想的都是:欧帕的宝藏能让他变得腰缠万贯,能实现他的君主梦,于是他决定带着罗梅罗、科尔特以及剩下的助手进入城内。愿意和他一起进去的只有多斯凯、伊维奇和菲律宾仆人。"来吧,"兹弗里说,"既然这些懦夫不帮忙,那我们就只能自己进去。"

他们四个人穿过外墙时,罗梅罗和科尔特已经消失在内墙的另一边了。这时他又听见了警告的尖叫声。声音打破了城里沉重压抑的寂静。

"天哪!"伊维奇脱口说道,"这会是什么声音?"

"闭嘴,"兹弗里愤怒地大声叫道,"别再想了,否则就像那些胆小的土著一样,给我离开。"

他们慢慢穿过庭院,向内墙走去。他们并没有一探究竟的热情,显然每个人心里都渴望有人可以自告奋勇,承担领头前进的光荣使命。托尼走到入口时,他们听到墙的另一面传来嘈杂的声音。这是战前的呐喊声,声音令人惊骇,其中混杂着急促的脚步声。这时有人开了一枪,接着又开了好几发。

托尼回头,看其他人是否跟在后面。他们都停下脚步,听着里面的呐喊声,每个人脸色煞白地站在那。

伊维奇转过身,"该死的黄金!"他说道,然后朝外墙跑去。

"快回来，你这只肮脏的野狗！"兹弗里大声喊道，然后去追赶伊维奇。多斯凯跟在兹弗里后面也跑了。托尼犹豫了片刻，也急匆匆地跟着往回走。他们从外墙出去后，才停下了脚步。兹弗里追上了伊维奇，抓着他的肩膀。"我真该杀了你！"他声音颤抖着喊道。

"能从城里出来，你也很高兴吧，"伊维奇吼道，"进去里面有什么意义？我们只会像罗梅罗和科尔特一样被他们杀死。他们人多势众，你难道没听见吗？"

"我觉得伊维奇说得对，"多斯凯说道，"勇敢是好事，但我们要记住我们的事业——如果我们都死了，一切就没了。"

"但是黄金怎么办！"兹弗里大声说道，"想想黄金呀！"

"黄金对死人没有任何用处。"多斯凯提醒他说。

"我们的同志怎么办？"托尼问道，"难道我们不管他们的死活吗？"

"罗梅罗死了活该，"兹弗里说道，"至于那个美国佬，只要他的死讯不传到海岸，他的资金，我们照样可以拿到的。"

"你不打算救他们吗？"托尼问道。

"我一个人做不到。"兹弗里说道。

"那我和你一起去。"托尼说道。

"就算我们两个人进去，也帮不上什么忙。"兹弗里嘴里咕哝道，他突然变得愤怒起来，向托尼逼近。兹弗里身形高大，他的个子远远高出托尼。

"你以为你是谁？"兹弗里质问道，"我是这里的首领，需要你的意见时我会发问。"

罗梅罗和科尔特穿过了内墙，神庙里面空寂无人，但他们注意到漆黑的壁龛里有动静，并发现破败的长廊上有缝隙，从缝隙中可以看见下面的庭院。

科尔特回头,瞥了一眼,"我们要等其他人吗?"他问道。

罗梅罗耸了耸肩。"同志,我觉得这个光荣艰巨的任务将要落在我们两人身上了。"他咧嘴笑着说。

科尔特对他回以微笑。"那我们继续干正事吧,"他说道,"目前我还没看见可怕的东西。"

"我也是。"罗梅罗说道。

他们拿好枪支,勇敢地朝神庙走去。可他们还没走远,就看见一大群长相可怕的人从幽暗的拱道和众多昏暗的门道里冲出来,可怕的呐喊声打破了古城的寂静。

科尔特冲在前面,一直往前走,朝这些长相怪异的士兵头顶上方射击。罗梅罗看见众多敌人从宽敞的房间的侧边冲了出来,科尔特和罗梅罗之前正是从那个房间进来的。很明显敌人是要阻断他们的退路。罗梅罗不时扭动身体,朝他们开枪。但这次是朝他们的脑袋开枪。当他意识到自己处境十分危险时,便开枪击毙了他们,科尔特也照做。结果,十几个受伤的祭司发出一连串尖叫,混杂着其他人的呐喊声。

罗梅罗向后退了几步,以防被他们重重包围。他迅速朝祭司射击,顺利地在他们侧面开出一条路。罗梅罗迅速地看了一眼科尔特,示意他坚守住阵地。正在这时,科尔特被一根大棒狠狠地砸中了脑袋。他像一根木头般倒在地上,很快被可怕的欧帕人围住了。

罗梅罗突然发现科尔特不见了。即使科尔特还活着,罗梅罗单枪匹马,也无法把他救出来。罗梅罗自己能逃出去,都算幸运。他不停地开枪射击,退到了内墙的出口。

欧帕祭司们抓到了一个闯入者,眼看着另一个就要逃走了。

但对方手中拿着可怕的武器,他们担心又会招致毁灭性的攻击,于是犹豫了起来。

罗梅罗通过内墙,转了个弯,迅速跑向外墙,过了一会儿,在平原上和他的伙伴会合。

"科尔特在哪儿?"兹弗里质问道。

"他们用大棒把他打晕,抓住了他,"罗梅罗说道,"他现在可能活不成了。"

"你扔下了他?"兹弗里问道。

罗梅罗气愤地转向兹弗里。"你还敢问我?"他质问道,"还没看见敌人,你就吓得脸色发白,转身就跑。如果你们前来支援,科尔特也不会被丢下。只有我们两人进去,面对一群野人,一点胜算都没有。你居然敢指责我是懦夫?"

"我不是这个意思,"兹弗里绷着脸说,"我从没有说过你是懦夫。"

"但你就是那个意思,"罗梅罗厉声说道,"兹弗里,我告诉你,跟你一起去欧帕的所有人包括我在内,在这件事情上,都不会轻易放过你。"

城墙后面响起了欧帕人胜利的呐喊,声音低沉,从破败的长廊传来。兹弗里垂头丧气,从城外转身离开。"没用的,"兹弗里说道,"凭我一己之力占领不了欧帕,我们回营地。"

个子矮小的祭司们一窝蜂围着科尔特,夺下他的武器,将他的手绑在背后。科尔特仍处于昏迷的状态。他们把科尔特抬起来,放在一个祭司的肩上,扛着他离开,最后把他带进了神庙里。

科尔特恢复意识,发现自己躺在一间大房间的地板上。他被抓进了神殿的王室。最高女祭司诺亚想见见她的战俘。

诺亚的卫兵注意到他恢复了意识,粗鲁地将他拽起来,把他推向墩台脚下。墩台上面放置着诺亚的王座。

科尔特看到眼前的景象,觉得自己要么是产生了幻觉,要么是在做梦。从废墟的外庭看,根本看不出这座大宫殿如此之大,也看不出半开化文明的宫殿如此宏伟壮观。虽然遗址年代已久,但宫殿富丽堂皇的气派,一点都没有减弱。

他眼前的王座装饰华丽。上面坐着一位外表年轻、异常美丽的女人。这个女人散发着古文明时期,半开化的华美气质。她的男性随从长相怪异,满身长毛;女性随从是美丽动人的少女。诺亚盯着科尔特,眼神冷漠凶狠,看起来傲慢自大。一个矮胖的士兵用科尔特听不懂的语言和诺亚说话。这个士兵长得不像人类,倒像猿猴。他讲完后,诺亚从王座上站起来,从腰带上拔出一把长长的匕首,高举过头顶。嘴里飞快、激烈地念念有词,眼睛死死盯着科尔特。

王座的右边站着一群女祭司,其中一个女孩看起来成年不久,半闭着眼睛,注视着科尔特。她雪白光滑的胸脯上,戴着金色的圆盘。这个女孩的名字叫娜奥。此时,她的心"怦怦"地跳动。她凝视着眼前这个陌生男人,心里产生了一些想法。

诺亚说完后,科尔特被带走了。其实诺亚嘴里念叨的是他死刑的判词,可科尔特对此一无所知。卫兵把他带进了隧道的牢房。这个隧道从献祭庭院通向城底下的洞穴。由于地牢并不完全在地下,且牢房里有窗户以及装着铁栅的门道,所以牢房里可以照进光线,通进新鲜空气。卫兵解开他手上的绑带,然后离开了。

科尔特从牢房的小窗户,看见了太阳神神庙的内庭。

他看见周围一层层叠高的长廊,通向高耸城墙的顶端。庭院中心墩立着石制祭坛。祭坛上面和底座的路面染上了褐棕色。诺亚嘴里念叨的话,科尔特当时无法理解,但看到这些,立刻明白过来。过了一会儿,他心突然一沉,想到无法逃脱眼前的命运,身体颤抖了起来。他看见周围墙上的壁龛里,放着以前献祭的人类的头骨。它们咧着嘴,表情狰狞,透过无珠的眼眶盯着他。毫无疑问,这是人类献祭的祭坛。

科尔特对自身的处境感到害怕,他站在那里,盯着祭坛和头骨。很快,他克制自己的情绪,摆脱了恐惧。但这绝望的处境令他意志消沉。他突然想到自己的同伙,想知道现在罗梅罗的处境如何。罗梅罗同志勇敢无畏。实际上他也是队伍里唯一让科尔特产生好感、印象深刻的同志,其他人要么是愚昧无知的狂热者,要么是贪得无厌的投机者,和罗梅罗相处,科尔特十分愉悦。罗梅罗的言行举止令科尔特印象深刻,他就像个单纯追求幸福的士兵,凡是他看中的事业,他乐意付出生命追寻,而且纯粹是为了追求刺激和冒险,而不是为了达到某种目的。当然科尔特并不知道,兹弗里和其他伙伴扔下他跑了。但他对罗梅罗充满信心。科尔特认为,除非事业毫无希望,除非罗梅罗已经被杀害、被俘虏,否则他绝不会将自己置之不顾。

科尔特思索着自己的困境,感到十分孤独,就这样,度过了漫长的下午。天色暗了下来,祭司仍没有动静。他猜想:难道祭司不打算给他食物吃,也不给他水喝,就这样一直把他关在牢房?或许仪式之日将近,他们觉得没必要照顾他的实际所需,因为他将被献祭在阴沉可怕、褐迹斑斑的祭坛上。

他躺在地上。地面如水泥般坚硬。他想在睡眠中获得暂时的解脱。

突然他隐约觉察到有声音。声音是从祭坛所在的庭院传来的。他听着这声音,确信有人走来了,于是悄悄地站起来,走到窗户边向外看。在黑暗的夜晚,只有遥远的隐隐发亮的星星使他感到宽慰。他看见有东西穿过庭院,朝关押他的牢房走来,但看不清是人还是野兽。这时高耸的废墟之上,拖长的呐喊声划破了寂静的夜晚。现在,在科尔特看来,呐喊声和破败的遗址一样,也是神秘欧帕城的一部分。

远征队伍朝营地方向返回,营地驻扎在森林外围的悬崖下。他们个个脸露愠色,灰心沮丧。当他们到达营地时,发现一片狼藉,只觉得万念俱灰。

现在没有时间向归来的远征队讲述发生在哨兵身上的事情。夜晚哨兵被魔鬼抓进丛林,拼命逃跑,侥幸逃过一劫。贾法尔离奇的死亡事件在他们的脑海中仍挥之不去。那些陪同前去欧帕的人,经历了可怕的事后,不安的心情仍未平复。

整支队伍变得焦虑不安,在阴森树林的外围,他们这晚在漆黑的树下扎营后,才舒了一口气,不知不觉已经黎明。

之后,他们继续朝主营地前进。土著们低沉的士气也渐渐恢复到正常的状态。他们这几天经历了苦难,始终绷紧的神经在一片欢歌笑语中放松了下来。但这几个白人心情沮丧,闷闷不乐。兹弗里和罗梅罗之间没说话。和所有性格懦弱的人物一样,伊维奇在欧帕遭遇了失败,为自己怯懦的表现感到不满。

小奇玛一直躲在一棵空心树里,看见一列队伍经过。当队伍若无其事地离开了,它又从树里冒出来,在树枝上跳上跳下,朝他们大喊大叫,说着可怕威胁的话,用各种脏话骂他们。

泰山的手肘撑着自己宽宽的脑袋,两只手捧着下巴,伸展着四肢,趴在大象的背上。泰山没有找到拉的脚印。就算地面裂开,将她吞了进去,她也不可能毫无踪影。

泰山今天遇见了大象。泰山从小就习惯了静静地和大象待在一起。大象是森林睿智年长的元老,似乎总能传递给人以良好的性格和泰然自若的品性。大象具有一种安稳镇定的气质。跟它待在一起，泰山感到平静安宁、愉悦舒坦；而大象也很乐意有泰山的陪伴。丛林里两条腿的生物中，丛林之王泰山是唯一让大象以友情相待的人。

丛林野兽从不拥立统治者，更不用说残酷的专制统治者了。它们压迫着文明世界的人类，从生到死都在迎头竞争。而时间是无数奴隶的主人，是测量时段的单位。但对泰山和大象来说，时间是不可估量的。

大自然能将大量的资源都物尽其用，其中她最为挥霍的资源便是时间。无论人类对于时间多么挥霍无度，大自然都会赠予每个人一生所需的时间。时间取之不尽，就算浪费了也不为过，因为当一个人走到生命尽头时，他的时间以及生命中的一切重要的东西都将终结，但时间仍然还有很多。

泰山和大象静静地待在一起时，没有蹉跎时光。时间和空间，无论弯曲还是笔直，都将永远向前，但万事万物终有走到终点的时候。泰山和大象这一对好朋友享受清静安宁时，一只小猴子在上方的大树里，发出兴奋的尖叫声，顿时打破了这宁静的氛围。

这只小猴子正是小奇玛。小奇玛找到泰山时，感到轻松愉快，整个丛林都听得到它细小尖锐的叫声。泰山懒散地翻了个身，抬头看见一只猴子，急促兴奋地说着话。小奇玛打消了一切疑虑，十分肯定这是它的主人，纵身一跃，跳到泰山古铜色的身上。它细长多毛的手臂挂在泰山的脖子上，紧紧地抱着这个安全港湾。

在这个短暂的时刻，小奇玛极度欢喜，享受着无限的优越感。它站在泰山肩上，几乎毫无畏惧，可以肆无忌惮地辱骂整个世界。

"小奇玛，你去哪儿了？"泰山问道。

"我一直在找你。"小奇玛回应道。

"我在欧帕城墙跟你分别后,你有看到什么吗?"泰山追问道。

"我看见了很多。我看到巨猿在月光下绕着豹子的尸体跳舞,我看见你的敌人穿过了森林,我还看见了蟒蛇狼吞虎咽地吃着野猪肉。"

"你看到了白种女人吗?"泰山问道。

"没有,"小奇玛回复道,"敌人中无论是黑人还是白人,都没有看见女人,只看见了男人,他们往回走了,回到我第一次见到他们的地方。"

"这是什么时候的事?"泰山问道。

"在黑暗中的不远处,我看见敌人往回走,回到了最初发现他们的地方,那时太阳已经出来了。"

"我们最好还是弄清楚他们在搞什么名堂。"泰山说道。他用手掌亲切地拍了拍大象,和它告别后,泰山跳到树上,灵活地在悬挂的树枝间摇荡。而远处兹弗里和他的队伍正沉重缓慢地穿过丛林,朝大本营走去。

泰山选择走小径。在树林茂密的地方,他能在树叶间自由无阻地穿行,瞬间从一个地方,移动到另一个地方,经常令敌人深感不安。

他几乎沿直线移动,远征队晚上扎营时,便追上了他们。他在树叶形成的屏障后面观察着。如他所料,他们并没有找到欧帕的宝藏。

生活在丛林里的生物,它们的成功、快乐,乃至生命本身,很大程度都取决于观察能力。

泰山的观察能力已练就至最佳水平。他第一次看见远征队时,就已经对主要人物了如指掌。他知道队伍里有地位卑微的士兵和搬运工。泰山对他们的相貌、体格以及他们运输的物资都相当清楚。

他很快发现,科尔特不在队伍里。根据经验,泰山能准确地想象到,远征队在欧帕遭遇了什么,也能想象到科尔特的结局。

多年前,瓦兹瑞士兵第一次听到欧帕城里可怕、警示的叫声,他目睹了英勇无比的士兵落荒而逃的场面,所以能轻易猜到:科尔特带领着他们进入城内,结果被其他人扔下不管。他现在要么被杀死了,要么被关在阴暗的室内。但是泰山对此并不在意。尽管泰山被科尔特细微无形、所谓的品格的力量深深地吸引了,但仍将他视为敌人。要是科尔特死了或被俘虏了,他的计划会得到巨大的进展。

小奇玛待在泰山的肩上,向下看着营地。泰山告诉它要保持沉默。

营地有许多东西,小奇玛都想占为己有,尤其是一个民工身上穿的红色印花布汗衫。众多黑人上身裸露。和他们赤裸的身体对比,小奇玛觉得那件汗衫显得格外华美。它希望泰山跳下去将他们统统杀了,尤其是穿红色汗衫的男人。小奇玛本质上嗜杀成性。幸运的是,它生来不是大猩猩,否则丛林会被它搅得永无宁日。但泰山不打算大开杀戒,他有别的阻断他们行动的办法。白天他打到了猎物,现在撤退到了其他地方,和营地保持一定距离,打算先填饱肚子。小奇玛则寻找鸟蛋、水果和昆虫充饥。

夜幕降临,漆黑的夜色笼罩着丛林,营地里只有驱赶野兽的篝火聊以安慰。泰山又藏进了树里,观察他们的一举一动。他一声不响,很长时间里就这样盯着他们。突然,泰山发出一长串尖叫声,将欧帕可怕的叫喊声模仿得惟妙惟肖。

营地里的谈话声、歌声和笑声戛然而止。泰山叫喊声的效果立竿见影。这一会儿,他们坐在那里被吓傻了,接着拿起武器,靠近篝火。

泰山嘴角露出一丝微笑,然后消失在丛林里。

Chapter 10

女祭司的爱情

阿布·巴特他们在盖拉边境湍急的河边扎营。达穆克一直在等待时机，终于他等来了这个机会。阿布·巴特对她们放松了警惕。他坚信，她们不敢逃进丛林，给自己招致危险，因为在丛林中，阿拉伯人同时也是她们的保护者，使她们免遭更大的危险。虽然阿布·巴特知道她们一直在等待逃跑的机会，但丝毫没有料到，她们有胆有识，足智多谋。而实际上，她们逃跑是给了达穆克可乘之机。

达穆克十分狡猾。他拉拢了一个黑人，这个黑人被迫离开大本营，跟他们同行，现在算是他们的俘虏。达穆克许诺还他自由，于是他轻易地答应参与达穆克的计划。

他们为卓拉和拉单独支了个帐篷，派一个卫兵坐在门口看守。阿布·巴特认为安排一个人看守绰绰有余。这样安排或许能使她们免受其他人的伤害，却不能阻止她们试图逃跑。即使逃跑的可能性微乎其微。

这晚，达穆克打算实施邪恶的计划，一直等待着这一刻的到来。他的一名手下和一个跟他来自同一部落的同胞走到卓拉她们的帐篷前，准备按计划行动。后者囿于血统规定，对达穆克忠心不二，服从他的命令。达穆克则在营地另一边的森林里等待着，同时他还带着两名部落同胞，四名从沙漠里带回来的奴隶，以及一个黑人搬运工。这个黑人想通过参与今晚的计划，获得自由。

纸灯里发出微弱的烛光，将卓拉和拉的帐篷照得通亮。在柔和的烛光下，拉正用新学的英语和卓拉聊天。虽然她最多只能说只言片语，但总比无法沟通强。这也是她们唯一能享受的乐趣。晚上扎营落脚后，她们就商量着逃跑计划，打算在帐篷后面开个洞，逃出去，溜进丛林。没有人注意到她们谋划着逃跑。门口的卫兵此时应该正打着盹儿。她们交谈的时候，哨兵起身走开了。过了一会儿，她们听见帐篷后面的刮擦声，停止了谈话，坐在那里，眼睛盯着帐布上移动着的划痕。有人试图用力划破帐篷。

不久有一个声音低声地说着："德里诺弗小姐！"

"是谁？想干什么？"卓拉低声地问道。

"我想到了一个逃跑的办法，如果你想逃出去的话，我可以帮你。"

"你是谁？"卓拉质问道。

"我是布库拉。"卓拉知道他的名字。阿布·巴特逼迫一些黑人随他一起离开大本营，布库拉就是其中一个。

"把灯熄灭，"布库拉小声地说，"卫兵离开了，我进来把我的计划告诉你。"

卓拉起身吹灭了蜡烛。过了一会儿，布库拉爬了进来。"小姐，"

女祭司的爱情　113

他说道,"阿布·巴特从大本营强行带走了兹弗里的手下,他们今晚打算逃跑,而我们要回去找游猎队。如果你们想一起走的话,就把你们带上。"

"我们当然想走。"卓拉说道。

"太好了!"布库拉说,"现在你要仔细听我说的话。卫兵不会回来了,但我们不能一次性全部出去。我先把这位小姐带进丛林,我的手下会在那里接应,然后我再回来找你。"

"你现在可以告诉她,让她跟紧我,不要发出任何声音。"

卓拉转过身。"跟着布库拉,"她说道,"我们今晚逃出去,我在你之后过来。"

"我知道了。"拉回应道。

"好了,布库拉,"卓拉说道,"她懂了。"

布库拉从帐篷的入口出去,迅速地环顾了四周。"走!"他说道,拉跟在后面。他们很快消失在卓拉的视野里。

卓拉深知,和这些半开化的黑人一起逃进丛林十分危险。但毫无疑问,她对这些黑人的信任程度远大于对阿拉伯人的信任。哪怕黑人会设计阴谋,卓拉认为,她和拉都可以共同对付。但她知道,大多数黑人还是忠诚不渝的。卓拉在漆黑寂静的帐篷里孤独地等待着,认为布库拉返回根本不需要花这么长的时间。时间一分一秒地过去了,她等了好几个小时,也没看见黑人和卫兵的身影。

她真真切切地感到害怕,决定不再干等下去,打算先逃进丛林找他们。她想:或许布库拉返回接她,查看敌情,要冒很大的风险。此时他们一定在营地的另一边,等待恰当的时机,返回找她。卓拉起身准备行动时,听见了脚步声,声音离帐篷越来越近。卓拉想着,或许会是布库拉的人,于是在那等着。这时,一个男人把头伸了进来,穿着长袍,拿着长筒枪,是个阿拉伯人。他的轮廓显现在昏暗的夜里。"哈杰蓝去哪了?"他质问道,喊着离开的哨兵的名字。

"我们怎么知道?"卓拉带着困倦的语气,反驳说,"你为什么要在夜间叫醒我们?难道我们是守卫人员吗?"

阿拉伯人嘴里咕哝着,回答了些什么,然后转身在营地里大声叫喊,告知所有人哈杰蓝不见了,并询问有没有人见过他。其余的士兵慢慢地踱步过去。哈杰蓝究竟发生了什么事,有各种各样的推断。他们大声喊了好几遍哈杰蓝的名字,但没有任何回应。

最后阿布·巴特过来,把每个人都询问了一遍。"那个女人还在帐篷里吗?"他问另一个卫兵。

"是的,"卫兵回答道,"我还同她们讲话了。"

"那就奇怪了,"阿布·巴特说道,接着,"达穆克!"他又喊道,"你在哪儿呀?哈杰蓝可是你的人。"然而没有任何回应。"达穆克去哪儿了?"

"他不在这里。"站在阿布·巴特旁边的男人说道。

"弗迪尔和达雷耶都不在。"另一个男人说道。

"搜查整个营地,看看有谁不见了。"阿布·巴特命令道,搜查完后他们发现达穆克、哈杰蓝、弗迪尔、达雷耶,还有五个黑人都不见了。

"达穆克扔下了我们,"阿布·巴特说道,"不用管他了。等我们把这两个女人卖了,换了好价钱,一起瓜分金钱的人也少了。"这么一想,损失四名优秀的士兵也无所谓。阿布·巴特回到自己的营帐里,又继续睡了。

卓拉十分担忧拉的情况,万分苦恼,也为自己没能逃跑而失望不已。对她来说,今晚是个无眠之夜。还好她不知道事情的真相,

女祭司的爱情 | 115

否则心里无法安宁。

布库拉悄悄地走进丛林。拉跟在他后面。当他们离开营地有一小段距离时，拉在黑暗中看见几个男人站在前面，几个阿拉伯人躲在灌木丛里。拉看见他们穿着长袍，便知道了他们的身份。他们的奴隶脱掉了白色的长袍，只穿着一条丁字裤，赤身裸体，和布库拉一起，站在那里。这时她相信了，只有阿布·巴特的黑人俘虏在这里接应她。然而，拉走到他们身边时，才意识到自己判断错了。她没有机会反抗，很快被他们抓住了，还没来得及发出叫喊声，嘴巴就被完全堵住了。这时达穆克和几个阿拉伯同伴出现了，他们把处于愤怒中的拉制服，将她的手腕绑在后背，用绳子套住她的脖子，然后一声不响地穿过漆黑的森林，沿河下行。

他们整晚都在逃命。达穆克非常清楚，第二天阿布·巴特发现自己被人算计了会有多么愤怒。天刚亮，他们已经离营地很远了。达穆克只短暂停歇了一会儿，匆匆吃过早饭，又继续赶路。

一段时间后，他们拿掉了塞在拉嘴里的东西。达穆克走在她旁边，看着自己的战利品，沾沾自喜。达穆克和拉讲话，但她听不懂，傲慢不屑地大步前进，等待着报复他们的时机。拉和卓拉分开了，心里十分难过。她冷酷的心里对卓拉产生了某种奇妙的感情。

接近午时，他们离开走的小路，在河边扎营。达穆克在这里犯了一个致命的错误。达穆克对拉产生了疯狂的迷恋。和这个美丽动人的女人近距离接触，激起了他强烈的欲望。达穆克想满足自己的欲望，单独和拉待在一起，于是带着拉沿着与河水平行的小路，把她带到其他人看不见的地方。

当他们走到离营地大约一百码的地方，达穆克一把搂住她，试图吻她的嘴唇。

达穆克搂着她，就像搂着狮子一样，十分危险。他情绪高涨，以至于忽略了许多东西,其中一件就是时刻挂在他身上的匕首。可拉没有忘记这把匕首的存在,天亮时她就注意到了那把匕首,一直想得到它。就在达穆克紧贴在她身上时,她的手摸索着,碰到了匕首的刀柄。这会儿,她故意屈服,瘫软在他的怀里,一只手搭在他右肩上,另一只手在他左胳膊下游走。她没有让达穆克的亲吻得逞,于是他拼命索取她的吻。就在这时,拉放在他肩上的手突然掐住他的喉咙。看似白皙无力、长而纤细的手像钢爪般,突然掐住他的咽喉,同时在他左臂下轻轻游走的手,握着长长的匕首,从肩胛刺进他的心脏。

达穆克想喊出声,可声音卡在喉咙里,发不出来。达穆克浑身僵硬地站在那儿,高大的身躯向前倾。拉顺势让他倒在了地上,一脚把他的尸体踢开,从他身上取下腰带和匕首护套,用他的长袍把血淋淋的刀片擦干净,然后急匆匆地沿着河道前进。拉发现灌木丛里有个出口,可以从河边离开。她不停地往前走,最后走得筋疲力尽。现在她急需休息,于是用仅存的力气爬上了一棵树。

科尔特看见一个人影向牢房外的通道口走近。他想着,这或许是死亡的信使,要带他去祭坛献祭。人影离他越来越近,不久便走到牢房铁栅前。这时有人开口说话,声音低沉,说着他听不懂的语言。来访者是个女人。

科尔特出于好奇,走向铁栅门。突然一只柔软的手伸了进来,小心翼翼地抚摸他。

环绕着祭祀庭院的高墙之上,高高地悬着一轮满月。银白色的月光洒在通道口和牢房的出口。科尔特在月光下,看见一个年轻女孩的身影靠在冰冷的铁栅上。女孩把食物递给科尔特。他伸手去接时,女孩抚摸他的手,然后把手拉向铁栅,贴在她的唇上。

科尔特不知所措，不知娜奥——这个小祭司，竟对他一见倾心。欧帕男祭司浑身长毛，长相怪异，娜奥对他们已经司空见惯了。而这个陌生男子的出现，对她来说的确是上帝般的存在。

庭院里传来的轻微的声响吸引了她的注意。她转过身，月光洒在她的脸上，科尔特发现她长得竟是那样的美丽。娜奥又转了回来，乌黑的眼睛溢满了对科尔特的爱慕之情，丰满性感的嘴唇激动地颤抖。她仍紧紧地抓着他的手，说话语速很快，声音低沉而清澈。

她想告诉科尔特，明天中午他就要被献祭给太阳之神。她不希望他死，可能的话，会帮助他，但又不知道怎样才能帮他逃出去。

科尔特摇了摇头，说道："小姑娘，我听不懂你说什么。"可是娜奥也听不懂他说的话。她知道，再说下去也无济于事，于是抬起一只手，用纤细的食指在水平面上，从东到西比画了一个大圆圈，表示太阳在天上东升西落的轨迹，在最高点又画了一个圆，表示后天正午的太阳。这会儿，她抬起手高高地悬在半空中，手指合拢，仿佛握着献祭匕首的刀柄，将无形的刀尖深深地插进自己的胸口。

"诺亚要杀掉你。"她说着，伸手穿过铁栅，抚摸他的胸口。

科尔特理解了娜奥用手势试图表达的意思。他把动作重复了一遍，将想象出的匕首插进自己的胸口，探询地看着她。

她伤心地点着头，眼里涌出了泪水。

就像理解了她说的话一样，科尔特也清楚地意识到，这里有个朋友愿意帮助他离开。科尔特把手伸出铁栅，轻轻地把女孩拉向他，亲吻着她的额头。她低声地呜咽着，勾着他的脖子，和他脸贴着脸。娜奥突然放开了他，转过身，脚步轻盈，匆匆地离开了，最后消失在祭祀庭院一侧拱道的夜影里。

科尔特吃着她带来的食物。很长时间里,他躺在那儿,思索着支配人类做出某些行为的力量。这种力量实在令人费解。这个敌城中的女孩,在她不为人知的过去,到底有过怎样一系列境遇,才会使她在同伴信任的情况下,做出这种行为。娜奥一定对科尔特产生了某种潜在的友情。她从未想过,会有像他这样的异国人存在。科尔特努力说服自己,这个女孩是因为同情自己的窘境才会如此。可他心里清楚,她这么做,是因为有更为强大的动机驱使着她。

科尔特曾对许多女人着过迷,但他从未真正爱过;科尔特非常讨女孩子喜欢,但他从没有爱过。他想着,爱情是否就像娜奥对他一般。是否有一天,他也会像娜奥一样,遇见爱情。他还想着,如果他的境况最终转变了,或许会深深地被她吸引。如果没有转变,那么一定是事情的发展出了问题。科尔特一直苦苦思索着这个古老的谜题,最后在牢房坚硬的地板上睡着了。

早上,全身长满毛发的祭司给他送来食物和水。白天祭司都来看他,就像观看关在动物园里的野兽一样。漫长的一天渐渐过去了,夜晚再次来临——也是他最后的夜晚。

他试着想象献祭仪式的场景。二十世纪的年代里,他居然将成为活人祭祀的对象,被献祭给野蛮人信奉的某个神明,真是令人难以置信。而女孩的手势、可怕的祭坛、咧嘴笑的头骨都是确凿的证据,所以他不得不相信,明天将是自己的死期。科尔特突然想起了美国的家人和朋友,他们再也听不到他的消息。科尔特认为,为事业牺牲死得其所,他并不后悔,因为他知道自己不会白白牺牲。

科尔特派人送出的消息,已经到达遥远的海岸附近了。消息成功送达也说明他为了自己伟大的信念,成功完成了任务。如果必要的话，他愿意牺牲自己的性命。他很庆幸，自己行动迅速地将信息送出了。明天他就可以了无遗憾地迎接死亡了。

但他并不想死，在白天制定了各种计划。只要有机会，哪怕是微乎其微，他也要逃出去。

科尔特想着娜奥现在怎么样了，她是否还会再来。现在已经天黑了，科尔特希望她会出现，渴望在生命中最后几个小时里，能有朋友陪伴在身边。而夜晚渐渐过去，他放弃了希望，试图在睡眠中忘记明天的事情。

科尔特在硬床上辗转反侧，焦虑不安。而此时小祭司菲尔格躺在卧室的草席上，打着呼噜。他的卧室就是一个狭小黑暗的壁凹。菲尔格负责保管钥匙，他深知职责的重要性，所以不允许任何人触碰他神圣的钥匙——象征着他值得信赖的品质。或许是因为菲尔格誓死守护钥匙的信念在欧帕众人皆知，所以钥匙才被放心地交给他保管。

菲格尔呆头呆脑，就算他知道有智力这回事，也无法变得聪明。他和大多数人一样，单纯只是一个残暴的人，和真正意义上冷酷无情之人相比，远不及他们思维敏捷。当菲格尔沉沉入睡时，他所有的感官也随之入眠。但野兽睡觉时就并非如此。

遗址的高层仍完好无损，菲尔格的小室就在其中一层。夜晚降临不久，在环绕着主神庙庭院的长廊上，月光倾洒而下。现在月亮不见了，长廊上一片夜影。这时有人悄悄地向菲尔格室内入口走去，除非有人碰巧离她很近，否则没有人会注意到她。她毫无顾虑，轻轻地往前走，终于走到了入口。菲尔格正躺在入口的另一边。那个人在门口停了下来，听着里面的动静，听见吵闹的呼噜声时，迅速溜进去，径直走到他旁边。她蹲下来，一只手轻轻地在他身上搜寻着什么，另一只手握着长长锋利的匕首，悬在

120

他长满毛发的胸脯上方。

很快她找到了想要的东西——一个大圆环,上面用线穿着几把大钥匙,用一条皮绳固定在了腰带上。她蓄意用锋利的匕首把皮带割断。这时,菲尔格微微动了一下,她立刻静止不动。接着他又翻来覆去,然后继续打呼。那个人拿着匕首继续在皮绳上摩擦。突然皮鞭被割断了,刀片穿过割断的皮绳,轻轻碰到了圆环的金属,钥匙发出轻微的碰撞声。

菲尔格立刻就醒了,但他没起来,而且再也起不来了。

愚蠢的菲尔格还没意识到危险,很快就被尖利的匕首刺中了心脏,没有发出任何声音就倒下了。刺杀他的人拿着匕首悬在空中,犹豫了片刻,仿佛在确定他是否已经死了,接着她用菲尔格的腰布把留下痕迹、被血弄脏的匕首擦干净,然后起身,急匆匆地跑出室内,一只手拽着挂在金色圆环上的几把大钥匙。

科尔特在睡梦中,心神不安,动来动去,一下子猛然惊醒。在逐渐暗淡的月光下,他看见牢房铁栅的另一边有个人,听见了钥匙在大锁里转动的声音。科尔特心想:会不会是祭司来找他?他站起来,脑袋里唯一的想法就是逃跑,想逃跑的冲动异常强烈。这时门打开了,科尔特听到温柔的声音,知道是娜奥又回来找他了。

娜奥走进牢房,勾住他的脖子,亲吻着他的嘴唇,紧紧地抱着他,过了一会儿,她把他放开,牵着他一只手,带他出去。科尔特太想离开这个压抑的死牢了。

她悄悄地带着他,从祭司庭院穿过,通过漆黑的拱道,走进阴暗的长廊。娜奥领着他走着蜿蜒曲折的路线。他们始终走在夜幕里,沿着迂回的路线,穿过遗址。科尔特觉得已经走了很长时间。终于,娜奥打开了一扇低矮结实的木门,领着他来到神庙入口的大厅,穿过这个宏伟的大门,就能看到城市内墙。

女祭司的爱情

她在这里停了下来，走向科尔特，看着他的眼睛。她再次抱住他的脖子，亲吻他的嘴唇，她的脸颊满是泪水，泣不成声。娜奥试图克制自己啜泣，在科尔特的耳边表示爱意。可他却听不懂。

娜奥把他带到这里，还他自由，却又舍不得让他走。她紧紧地拉着科尔特，爱抚地摸着他，轻声地和他说着什么。

一刻钟过去了，娜奥抱了抱科尔特，科尔特也不忍心离去，但最后娜奥还是放开他，指着内墙的出口。

"去吧！"她说道，"带着我的心一起走吧，我再也见不到你了，但至少我会永远记住这一时刻。"

科尔特蹲下来，亲吻她的手。娜奥为了救他，用这只纤细的手残忍地杀了一个人。而科尔特对这些一无所知。

娜奥把匕首和护套递给他，让他回到危险的世界，不至于手无寸铁。接着科尔特转身，步履缓慢，向内墙走去，走到出口处，又停了下来转过身。在朦胧的月光下，他看见娜奥笔直地站在古城遗址的夜幕里。他抬起手挥舞着，向她做最后无声的告别。

科尔特穿过内墙，走过庭院，通往自由时，感到极度悲伤，因为他知道女孩心里充满了悲伤与绝望。为了救他，或许她冒了生命的危险。对于这位挚爱的朋友，科尔特什么都做不了，只能依稀记得她部分可爱的脸庞。不知道她的名字，只能象征性地带走他们热吻的记忆和她送的细长的匕首。

科尔特走过月光倾洒的平原时，想起娜奥站在遗址夜幕中孤单的身影，逃跑成功的喜悦中夹杂着一丝忧伤。

Chapter 11

丛林迷失

　　远征队的营地被神秘的叫声惊扰后,过了一段时间,他们才安定下来,继续休息。

　　兹弗里猜想,他们被一群欧帕的士兵跟踪,或许他们正谋划着夜袭活动,于是对营地严加看守。而那些黑人认定,神秘的叫喊不是人类发出的。

　　第二天早上,他们继续前进,个个心情沮丧,意志消沉。他们赶早出发,一路上拼命地赶路,天黑前就到达了大本营。他们看到眼前的场景,惊愕不已,营地不见了,空地的中央堆着一堆灰烬。他们猜想:留在营地里的队伍一定是遇到了麻烦。

　　面对眼前新的灾祸,兹弗里怒不可遏。在场没有一人能够让他撒气、责怪,所以他暂时只能一边来回跺脚,一边用几种语言大声地咒骂自己的破运气。

　　泰山在树上注视着兹弗里,看到了队伍离开之际,营地突然发生的灾祸。他对这场灾祸的发生也感到非常困惑,但看到兹弗里万分痛苦,也就开心了。

黑人们深信,恶灵阴魂不散,这是它愤怒的后果。他们都赞成离开这个运气不佳的兹弗里,因为他每个行动要么注定失败,要么注定是个灾难。兹弗里的手下几近叛变,在他的威逼利诱下,他们又留了下来,这也体现了他卓越的领导能力。兹弗里命令黑人们为整支队伍搭建帐篷,利索地派信使,通知各个物资代理人,催促他们立刻寄送必须物品。他知道,需要的几样东西已经从海岸发出来了,其中包括服装、来复枪和军火,而现在急需的是粮食和贸易商品。兹弗里为了维持纪律,不停地命令手下干活,让他们提高营地的舒适度,扩大空地面积,捕猎新鲜的肉食。

几天过去了,又过去了几周,其间泰山一直在观察他们的行动。他不慌不乱,因为慌乱不是野兽的特征。泰山大多数时间在离营地较远的丛林里漫步,偶尔会返回看看。但回来不是为了干扰他们,而是希望他们处于一种宁静、恍惚的状态。等时机一到,再打破这种恍惚的宁静,这么一来,他们将受到巨大的震慑,士气大减。他清楚恐惧这种心理特征,所以想利用恐惧将他们击溃。

阿布·巴特此时驻扎在盖拉边界的营地里。阿布·巴特派出的探子传来了消息:盖拉士兵聚集起来,企图阻止他们从盖拉经过。许多人抛下他们离开了,队伍的士气衰弱,而盖拉士兵勇猛无比,人数众多,阿布·巴特不敢公然对抗他们。他知道必须采取行动。要是继续留在这里,后面的队伍必然会追上他们。

阿布·巴特派了几名侦查员,到对面的河边查看路况。后来他们返回报告了情况:沿着偏北的路线向西走似乎比较安全。阿布·巴特撤掉营地,带着卓拉向北出发。

阿布·巴特发现达穆克把拉悄悄带走时,勃然大怒。现在他倍加小心，防止卓拉也逃跑了。卓拉被严密地看守着，没有丝毫逃脱的希望。她很清楚阿布·巴特俘虏自己的目的，知道自己结局如何，心情低落，忧郁难过，满脑子想着自我了断。有段时间，她怀着希望，认为兹弗里会追上他们，把自己救走。自从被抓后，她一直渴望救援的到来。但时间一天天地过去，兹弗里并没有赶来救她。

当然卓拉对兹弗里深陷的困境一无所知。兹弗里不敢派队伍去找她，因为队员们都有叛变的动机。兹弗里担心他们在路上会杀害看管他们的中尉，逃回他们的部落，跟别人说闲话，散播远征队以及一些行动的相关消息。或许消息最后会传到敌人的耳朵里。

他也不能一个人带领所有队员继续远征，因为补给用品就要到了，他必须留在大本营接收。

要是卓拉真遇到了危险，兹弗里或许会不顾其他，直接赶去救她。但他本性多疑，怀疑所有人对他的忠心，于是竭力让自己相信：卓拉刻意抛弃了他。虽然兹弗里不情愿相信这个结果，但终归受到了一些影响。他本来性格易怒，现在更加难以忍受这个结果。在他困难之际，那些本该陪伴他、支持他的人都想方设法离他而去。

与此同时，小奇玛飞快地穿过丛林执行任务。为了完成泰山吩咐的任务，小奇玛连续很长时间里，心心念念着一件事，只走行动的路线，但最终还是被外界事物分散了注意。或许在接下来的几个小时里，无论小奇玛肩负什么职责，它都会忘得一干二净。小奇玛再想起有任务在身时，又会继续执行任务，但丝毫认识不到，长久持续的注意力在中途被打断了。

当然，泰山完全清楚小奇玛这个固有的弱点。尽管泰山知道

丛林迷失 | 125

小奇玛有许多小毛病，但根据以往经验，只要是它决意要完成的计划，它绝不会放弃。泰山不像文明世界的人类一样，一味地遵循时间，所以他易于忽视小奇玛在执行任务中出现的反复无常的行为，认为这种小错误可以忽略不计。总有一天小奇玛会到达目的地，但那时或许为时已晚。要是泰山想到这一点的话，一定会耸耸肩，不加理会。

但对于文明世界的人来说，时间是万物的精华。如果人类在一定时间里没有完成具体的任务，每一分钟在时间的流水中过去，犹如流经的河水没有物尽其用，被完全浪费，他们就会变得愤怒烦躁，身心的效能也会降低。

而科尔特在一定程度上，具有疯狂的时间观念。他跌跌撞撞，穿过丛林，汗流浃背，寻找自己的伙伴，就好像整个世界的命运寄托在渺茫的机会上一样。他必须赶紧追上他们，不能耽误一秒。

要是他知道自己走错了方向，显然会清楚，这么拼命追赶是毫无意义的。科尔特迷路了，幸运的是，他并不知道，至少现在还不知道。很快他将震惊地认识到自己迷路了。

他游荡了好几天，仍没发现营地。现在很难找到食物。科尔特找到的食物不多，而且有些食物他不爱吃。他找到了一些熟悉的水果，抓到了一些啮齿动物。但抓啮齿动物极其费力，浪费了大量宝贵的时间，而时间对他来说十分珍贵。他砍了一根结实的木棍，埋伏在某个小道上。根据他以前的观察，小道上或许能发现猎物，会有一些毫无戒备的小动物在不远的地方出没。

他知道有些动物的最佳捕猎时间是在黎明和黄昏。他在阴森的丛林里走动时，认识到：很多生物为了生存会负隅顽抗。例如，连他都知道，若听到奇怪的声音，躲到树上是明智之举。通常动物听到了他的脚步声，都纷纷逃跑。但情况也并不总是这样，有一次，一只犀牛朝他攻击；还有一次他发现了一只狮子，差点被吃掉。每一次上天都保佑他，让他化险为夷。最后他变得小心谨慎了。

有一天，几近中午，他走到一条河边，完全被河挡住了去路，这时他才相信自己完全迷路了。他不知道要走哪个方向，最后决定选择路最好走的路线。他沿河下山，确信在河岸边迟早会找到当地的村庄。

科尔特走在狭窄的小路上。地上坑坑洼洼，有各种野兽留下的深深的脚印，数都数不清。他在这条路上还没走多远，就听见前面隐约传来了声音。他的听觉比以往任何时候都要灵敏，他听到此时有东西正在靠近。这段时间里，科尔特独自在丛林里游荡，手无寸铁，面对危险时，找到了保命的最佳方法。他迅速地跳到树上，寻找观察小路的最佳位置。小路的走向蜿蜒曲折，科尔特看不见远处的小路，也看不见来者何物，除非它恰好走到树的正下方，但这些现在已无关紧要了。在丛林里的这段时间，他学会了凡事要有耐心，恐怕也学会了一点挥霍时间的本事，因为此时的他正舒舒服服地等着猎物出现。

他之前听到的是细微的沙沙声，但现在听到的声响跟之前的都不一样，他确定有人正沿着小路快速地跑过来。不止一个，有两个——大型动物的脚步声，夹杂着第一次听到的声音。

他听到一个男人的声音喊道："站住！"现在声音离他非常的近，就在前面的第一个拐角。突然急促的脚步声停了下来，紧接着听到扭打的声音，以及男人发出的奇怪的咒骂声。

这时有个女人的声音说着："放开我！我就算死也绝对不会跟你回去。"

"那我现在就要把你占为己有。"男人说道。

科尔特听完他们的对话,发现这个女人的声音有点熟悉。他悄悄地从树上跳下来,拔出匕首,迅速地朝争吵传来的方向走去。当他转弯后,只看见前面男人的背影——是一个戴着头巾,穿着长袍的阿拉伯人——他紧紧地抓着一个人,科尔特知道那是个女人,她被男人垂坠的长袍挡住了。

科尔特跳上前去,抓住男人的肩膀,猛地把他拽开。当男人面向他时,科尔特认出了他是阿布·巴特,同时也明白了为什么女人声音那么熟悉——因为她是卓拉·德里诺弗。

阿布·巴特被人打断,脸都气紫了。当他看到科尔特时,怒气冲冲,同时也惊讶不已,他以为兹弗里营队的前卫队来找他们复仇了。过了一会儿,他发现科尔特蓬头垢面,胡子拉碴,手里没有武器,便意识到他是独自行动,多半是迷路了。

"狗杂种!"阿布·巴特喊道,他从科尔特手里挣脱开,"拿开你的脏手,不要碰真诚的信徒。"他一边说,一边拔出手枪,但就在那一瞬,科尔特朝他扑去,他们倒在狭窄的小径上,科尔特压在阿布·巴特上面。接下来的事情发生得特别快。当阿布·巴特拔出手枪时,他包裹着头巾的脑袋被打了一拳,导致枪支走火,但子弹没有射中科尔特,打偏在了地上。然而,这发子弹让科尔特意识到,自己处于岌岌可危的境地。最后科尔特出于自卫,用小刀割破了阿布·巴特的喉咙。

当科尔特慢慢从阿布·巴特身上站起来时,卓拉抓住他的胳膊。"快走!"她说道,"那声枪响会引来其他人,不能让他们发现我们。"

科尔特没来得及问卓拉问题,蹲下并迅速拿走阿布·巴特身上的武器和军火,包括掉在他身边的长长的滑膛枪。然后卓拉带着他,沿着他来时走过的小路,飞快地逃跑。

没过多久,科尔特没有听到有人追来,就叫卓拉停下来。

"你会爬树吗？"科尔特问道。

"会，"她回复说，"怎么啦？"

"我们躲到树里吧，"他说道，"从树上我们可以移动到附近的树林里，把他们甩在小路上。"

"这主意不错！"卓拉说道，在科尔特的帮助下，她爬上附近的树枝。

幸运的是，几棵大树长得十分密集，靠得非常近，这样他们可以从小路上方的树上，相对容易地移动几百英尺。最后他们躲在树里，把自己藏得严严实实。

他们并排坐在巨大的树枝上，卓拉扭头对着科尔特。"科尔特同志！"卓拉说道，"你们发生了什么？你怎么一个人在这里？你是来找我的吗？"

科尔特咧嘴笑了笑。"我在找整支队伍，"他说道，"我们进入欧帕后，一个人都没有看见。营地在哪儿？还有阿布·巴特为什么要追你？"

"我们离营地还很远，"卓拉回应道，"我不知道具体有多远。但要不是因为那些阿拉伯人追赶我，我早回营地了。"然后她简单地讲了一下阿布·巴特叛变以及自己被俘的经过，"今天正午过去不久，阿布·巴特临时搭建了一个营地。所有人都筋疲力尽，这段时间里他们第一次对我放松了警惕。我意识到渴望已久的机会终于来临了，于是趁他们睡着时，跑进了丛林。逃跑不久，他们便发现我不见了，然后阿布·巴特追上了我，接下来发生的事情你都目睹了。"

"命运总是爱捉弄人，不过结局还算美好，"科尔特说道，"我意外在欧帕被抓，逃出后居然成了你唯一获救的契机。"

卓拉微笑。"回溯到更久以前，"她说道，"要是那时你没出生

丛林迷失 | **129**

会怎样？"

"那阿布·巴特就会把你卖给某个黑色皮肤的苏丹人做他的女眷，同时会有其他人在欧帕被抓。"

"你能出生，我很高兴。"卓拉说道。

"谢谢。"科尔特说道。

当听到有人追来时，他们压低说话的声音。科尔特又详细讲述了自己被抓的经过，至于逃脱的部分，那个不知姓名的女孩帮助了他，出于对她的忠诚，他对自己逃跑的一些细节忽略不提。科尔特在叙述中没有强调兹弗里手下不服从他命令的事情。另外，兹弗里丢下他和罗梅罗，不管他们在欧帕城墙内的死活，也不设法营救，这样不可宽恕的懦弱行为，他也没有着重提起，因为他觉得卓拉是兹弗里的爱人，所以不想冒犯她。

"罗梅罗同志怎么样了？"卓拉问道。

"我不知道，"科尔特说道，"最后一次见到他时，他正坚守阵地，抗击那些身体扭曲的小恶魔。"

"难道他孤立无援吗？"卓拉问道。

"当时我几乎也无法脱身。"他说道。

"我不是那个意思，"她回应道，"我当然知道你跟罗梅罗在一起，我想知道还有其他人吗？"

"其他人还没有到。"科尔特说道。

"你是说只有你们两个进去了。"卓拉问道。

科尔特犹豫了一下，"你知道，"他说道，"黑人不愿进城，所以其余的人不得不进去，否则会丢失获得宝藏的机会。"

"但确实只有你和罗梅罗进去了，不是吗？"她质问道。

"你知道，我不久就被打晕过去了，"科尔特笑着说，"我真的不清楚到底发生了什么。"

卓拉眯着眼睛,"太可恶了。"她说道。

在他们聊天的过程中,科尔特总盯着卓拉的脸看。她衣服破旧,蓬头垢面,如此落魄,很明显是被那帮阿拉伯人俘虏了。即便如此,她看上去还是那么漂亮。相对于上一次见她时,现在更瘦一点,眼神疲乏,她经历的苦难和烦忧都显印在脸上。或许相较之下,她美得更加令人震撼。而兹弗里粗鄙不堪,多嘴多舌,在各方面和她形成鲜明的对比,卓拉会喜欢他这种人,简直不可思议。

不久后卓拉打破了这短暂的沉静。"我们要想办法回到大本营,"她说道,"我在那里起着至关重要的作用,有太多的任务需要我完成,事情太多,没有别的人能胜任。"

"你只为事业考虑,"科尔特说道,"从不考虑自己。你对事业真是忠心不渝。"

"是的,"她小声地说着,"我忠于自己立誓要完成的事情。"

"恐怕,"科尔特说道,"在过去的几天里,我更加看重自己的利益,而不是工人阶级的利益。"

"恐怕,你本质上还是偏向资产阶级,"她说道,"所以会不禁用轻蔑的眼光看待无产阶级。"

"为什么这么说?"科尔特问道,"我肯定我从没这么说过。"

"当讲话者述说时,无意间将某个词稍微提高了音调,往往会改变整个内容的意思,也泄露了讲话者内心隐藏的想法。"

科尔特毫无恶意地笑了笑,"和你聊天太可怕了,"他说道,"所以你会在日出时把我枪毙吗?"

卓拉一脸严肃地看着他。"你和其他人不同,"卓拉说道,"我认为,你永远想象不到,他们有多么容易心生怀疑。我说这些,只是想提醒你,和他们讲话,使用每个词都要小心谨慎。有些人思想狭隘,愚昧无知。因为你身世特殊,所以他们对你产生了怀疑。

这些人易于嫉妒占据重要地位的其他阶级，他们觉得自己的阶级才是至关重要的。"

"他们的阶级？"科尔特问道，"我记得你之前跟我说过，你们都属于无产阶级，不是吗？"

如果他以为这么问会让她震惊，会让她尴尬，那就错了。卓拉直视他的眼睛，内心坚定。"我虽然属于无产阶级，"她说，"但仍看得到阶级存在着弱点。"

科尔特盯着她看了很久，嘴角露出一丝笑意。"我不相信——"

"你怎么不继续说下去？"卓拉问道，"你不相信什么？"

"不好意思，"科尔特说道，"我开始自言自语了。"

"科尔特同志，你得注意，"卓拉提醒道，"自言自语有时会送了你的命。"但她又微笑着缓和了严肃的气氛。

听到远处传来男人的声音，他们终止了对话，"他们来了。"卓拉说道。

科尔特点了点头，两个人保持沉默，听着不断靠近的声音和脚步声。那些人走到跟他们并排的小路上，停了下来。卓拉听得懂阿拉伯语，他们其中一个阿拉伯人说："已经走到了小路尽头，他们一定跑进树林了。"

"跟她在一起的男人会是谁？"另一个阿拉伯人问。

"是那个外国佬，我认出了他的脚印。"又一个人说。

"他们应该往河的方向走了，"第三个回答的人说，"如果我要逃跑，我应该会走那条路。"

"我发誓！你说的话真是智慧良言呀，"第一个说话的人说道，"我们在这里分散开，到河边搜索他们，但要提防那个外国佬。他身上有阿布·巴特的手枪和滑膛枪。"

卓拉和科尔特听到他们的脚步声离得越来越远，声音越来越小,他们进入丛林朝河水的方向走去了。"我觉得我们最好离开这儿,"科尔特说道,"在树上移动可能会非常吃力,但我觉得最好先在树上待一会儿,然后我们再往河流相反的方向走。"

"好的,"卓拉回应说,"营地大概也在那个方向。"于是他们开始寻找自己的同伴,路程漫长而枯燥。

夜晚降临,他们继续在茂密的丛林里前进。他们的衣服破破烂烂,身体被树枝刮伤,这些伤痕都在无言地暗示着,他们路途的困难与艰险。

他们又饿又渴,在树枝间临时休息,科尔特给卓拉搭了个简陋的台面,而他自己打算睡在树下。然而,对于这样的安排,卓拉并不接受。

"这样安排根本不行,"卓拉说道,"按照文明社会制定的死板规矩行事,有害无益,我们绝不能这么做。我很感激你对我体贴入微的关照,可我宁愿你跟我一起待在树上,也不希望你睡在下面,被捕食经过的狮子抓住。"于是在卓拉的帮助下,科尔特在她的卧具附近又搭了一个台面。夜幕降临时,他们伸展开疲惫的身体,躺在简陋的卧具上睡觉。

不久科尔特打起了瞌睡,他梦见了一个身材苗条,眼睛明亮的女子,她的脸上满是泪水。他把她抱入怀中,亲吻她时,居然看到的是卓拉。这时,下面的丛林里发出了令人惊骇的声音,科尔特被惊醒了,他坐起来,拿起阿布·巴特的滑膛枪做好准备。

"有狮子。"卓拉小声地说道。

"哎呀!"科尔特惊叫道,"我一定是睡着了,一定是刚才的咆哮声把我惊醒了。"

"是的,你睡着了,"卓拉说道,"我听到了你说梦话。"科尔特感觉到卓拉说话时带着一丝笑意。

"我说什么了?"科尔特问道。

"也许你不想听,有点尴尬。"卓拉说道。

"不会的,说吧。"

"你说'我喜欢你'。"

"我真的这么说了吗?"

"真的,我很好奇这些话你是对谁说的。"卓拉嘲弄地说道。

"我也想知道。"科尔特说道,他想起那个梦里的女孩之前也进入过他的梦境。

狮子听到他们的声音,咆哮着走开了,因为它不会攻击讨厌的人类。

Chapter 12
危机四伏的小路

渐渐几天过去了，科尔特和卓拉一直在寻找他们的同伴。这几天他们都疲惫不堪，大多时间都在寻找食物和水，补给食物供应。科尔特愈发为卓拉的性格和个性所吸引。他发现在过度疲劳、找不到足够食物的情况下，卓拉的身体变得越来越虚弱，他十分担心。但卓拉一直装作一副坚强的样子，隐藏自己的实际情况，瞒着他不让他知道。她没有说过一句怨言，也没有流露过埋怨的表情，暗示他无能，找不到足够的食物。

科尔特把失败看作是缺乏能力的表现。卓拉不知道科尔特自己经常食不果腹，几乎把食物留给她吃。每次他带着食物回来，都告诉卓拉，找到食物的时候，就已经把自己的那份吃了。科尔特去打猎时，为了让卓拉节省没必要耗费的体力，就让她在相对安全的地方休息，这样一来，科尔特才有机会骗她，告诉她自己吃过了。

今天科尔特把她安置在一条蜿蜒的小溪边，让她安全地待在大树里面。她感到非常疲倦，总是一副疲惫不堪的样子。她一想到要继续赶路，就感到厌恶，但也知道路是一定要走的。她想知道，在精力耗尽前自己还能走多远。最为在意这个问题的不止她，还有科尔特——他是家族财产继承人，是资本主义者，是拥有权力的人，即便如此，一直以来，科尔特对她照顾周到，给她鼓励，对她温柔体贴，实在令人出乎意料。卓拉知道，如果自己走不动了，科尔特也不会丢下她不管，到时候，走出阴森丛林的机会将会被她耽误，也或许会因为她，永远都走不出去。为了科尔特，卓拉希望死亡尽快到来，他就能从责任中解脱出来，加快速度找到营地。如今，营地对她来说，就是毫无意义的神话。

但卓拉一想到死亡，就畏缩了，不是因为害怕死亡——或许她也确实害怕，但这次出于完全不同的原因，她突然意识到这个问题，不禁惊愕不已。当她突然意识到这个不幸，如梦初醒，吓得呆若木鸡。卓拉告诉自己，必须将这个想法抛之脑后，一刻也不能持有，但是它无法摆脱——在卓拉的脑海中挥之不去。她不禁流下了眼泪。

科尔特今早寻找食物比往日走得都要远，他看见了一只羚羊，抓到它就意味着能吃上很多肉，对于卓拉来说无疑是雪中送炭。一想到这些科尔特便浮想联翩。他不经意间瞥见了远处的猎物，就被引诱着继续往前走，一直紧跟它走到小路上。

羚羊对敌人的出现茫然不知，因为它处于科尔特的上风口，所以闻不到他的气味。当它不经意瞥见他时，多半引起了好奇。羚羊走开了，但它时常停下来，转过身，满足自己的好奇心。不久，它在那里停了很长时间。科尔特孤注一掷，开枪赌了一把。当羚羊倒下时，科尔特欣喜若狂，不禁大叫了一声。

时间一点点过去了。卓拉不知道过去了多久，越来越担心科尔特的处境。科尔特从没有离开过这么长的时间，于是卓拉开始构想各种他可能会遭遇的灾难。她心想：当时跟他一起去该有多好啊。如果当时她想过要跟踪科尔特，现在一定正跟在他的后面，但情况却并非如此。卓拉迫于无奈，只能干等，因而坐立不安。她无法忍受一直挤在树上狭窄的角落里，并且感到口渴，于是从树上下来，走到河边。

她喝完水，准备回到树上。这时，卓拉听到从科尔特离开的方向传来了声音。声音越来越近，卓拉瞬间兴奋了起来。之前的沮丧失落，甚至疲劳感立刻消失不见了。卓拉突然意识到，没有科尔特在身边，她是多么孤独寂寞。

当我们迫于独自一人时，才会意识到，我们是多么地依赖社会群体。卓拉喜极而泣，走上前去迎接他。这时，灌木丛被扒开，面前出现了一只丑陋怪异、长满毛发的巨猿，卓拉见后眼露惧色。

这只巨猿是猿王托亚特，它也十分惊讶，但它的反应截然不同。托亚特看见这个柔弱的白种女人，毫无惧色。卓拉只觉得它样子凶狠残暴，而托亚特见卓拉情绪则迥然不同。它笨重地向她走去。而卓拉像是刚从迟钝中缓过神来，转身就跑。过了一会儿，托亚特多毛的爪子粗鲁地抓住卓拉的肩膀时，她才意识到逃跑也无济于事。突然卓拉想到科尔特把阿布的手枪给了她，用来保护自己，于是从皮套中拔出手枪，对准巨猿。托亚特见她拿出了武器，蓄意攻击它，立刻从她手里夺走，扔到一旁。卓拉挣扎、反抗，试图挣脱它的束缚，但托亚特轻松地把她举起，横在自己胯部，笨重地走进丛林，朝它过来的方向走去。

科尔特处理猎物用了很长时间。他砍下了猎物的脚和头，去除了内脏。他深知，自己进食太少，余力不足，所以尽可能多地减轻负担，好让自己扛回去。

他把猎物扛在肩上，朝营地走去。科尔特一想到总算能带足量的肉食回去，为自己和卓拉补充体力，就感到兴奋不已。他扛着羚羊，一边蹒跚前行，一边制定计划，迎接未来美好的希望。他们将停留、休息，直到体力恢复。他们将把所有的肉做成熏肉，不会一口气吃掉，这样就能储备食物，支撑他们走遥远的路程。他相信，有了足够的食物，加上两天休息，他们将会重获希望和活力。

科尔特沿着回去的小路，艰难费力地向前走，他突然意识到自己比想象中走得还远。但一切都有所值。即使科尔特到达目的地见到卓拉时已极度疲惫，此时也毫不担心自己走不到卓拉身边，因为他对自己的忍耐力和意志力信心满满。

科尔特最终蹒跚走到目的地时，抬头看树，呼喊卓拉的名字，但没有回应。在这短暂的沉寂中，他隐隐有种大难临头的预感，立刻扔下羚羊肉，匆忙四处张望。

"卓拉！卓拉！"他喊道。而丛林一片寂静。他四处搜寻着，发现了阿布的手枪。手枪是托亚特扔在那的。他最怕的事情还是发生了。因为科尔特知道，如果卓拉自行离开，会带上手枪，所以可以肯定的是：她一定被某生物袭击、被掳走了。科尔特立刻仔细地搜寻地面，发现了巨大的人形脚印。

科尔特顿时变得异常愤怒，想到丛林冷酷无情，大自然极其不公，心中火冒三丈，想把掳走卓拉的东西给杀了，想亲手将它大卸八块，用牙齿将它四分五裂。原始人所有野蛮残忍的本性，都在科尔特身上被点燃了。前一刻还对他意义非凡的羚羊肉，顿时被他抛在脑后。科尔特跟着猿王托亚特留下的浅浅的脚印，急匆匆地走进了丛林。

拉从达穆克和他同伴手里逃脱后,缓慢地在树林里前行。欧帕古城——她的家乡在呼唤她。可她清楚,回去了也是凶多吉少,可她又将何去何从呢?拉离开欧帕后,四处游荡之际,这个广袤无垠的大世界给她留下了深刻的印象。她也非常清楚,继续寻找泰山也徒劳无果,于是她决定回到欧帕附近,或许有一天泰山会去那儿。然而,拉毫不在乎路上会遇到困难和艰险,过去的生活并没有带给她太多的快乐,所以她对那种生活没有兴趣。她继续生活,只是因为还活着。毫无疑问,她会拼命活下去,自然法则就是如此。越是悲惨不幸的人,越能被激发出努力活下去的冲动,延续自己的不幸。而那些感到幸福满足、为数不多的幸运儿,同样会渴望活下去。

不久她注意到有什么在追赶她,于是加快脚步,努力把他们甩在后面。这时,拉发现了一条小路,于是沿着小路往前走。她知道,就算走小路能加快速度,后面的家伙也会走这条路,继续在后面穷追不舍。后者蹿进了丛林后,拉听到追赶的声音越来越小了。尽管她认为后面的人无法追上她,可当拉继续飞快地向前走时,在小路的拐角突然停了下来。一只体型巨大、长满鬃毛的狮子站在那儿,堵住了她的退路。这次她认出了这只狮子。它不是泰山的伙伴,而是另一只。泰山离开她后,有一只狮子把她从豹子的爪牙下救出,它正是那只狮子。

拉对狮子颇为熟悉。欧帕的祭司经常捕获小狮。它们有时会被当作宠物养在欧帕,直到狮子凶残的本性逐渐显现,威胁到他们的安全,这在欧帕并不罕见。所以,拉知道狮子可以和人类相处,而且人类不会受到丝毫的伤害。拉了解狮子的习性,和泰山一样不害怕狮子,于是在狮子和追赶她的阿拉伯人之间,她迅速做出了抉择,径直走向面前的大狮子。拉见它的态度,认为暂时不会有危险。

拉十分天真,她以为死在狮子的爪牙下,结束生命只是瞬间,毫无痛苦,所以对死亡并不畏惧,只是怀有强烈的好奇。

其实,拉随风走在丛林小路上的时候,狮子从地上一路的脚印中嗅到她的气味,所以一直在那等着她。并且狮子还闻到了其他淡淡的味道——那是跟踪她的阿拉伯人的脚印留下的气味。这些气味勾起了狮子的好奇心。当拉沿着小路走向它时,它走到一边,让她过去,然后像一只大猫,抬起腿,挠着长满鬃毛的脖子。

拉停下来,把手放在它的脑袋上,低声对它说话,说的是人类最早的语言——巨猿的语言。欧帕人和泰山说的也是这种语言。

哈杰蓝领着手下追赶拉,在小路拐角转弯后,停了下来,被眼前的事物吓得目瞪口呆。一只体型巨大的狮子站在他们面前,露着尖利的牙齿,发出愤怒的咆哮。拉站在狮子旁边,一只手放在它厚实、深色的鬃毛上。

拉对狮子说了一个词,用的是哈杰蓝听不懂的语言。"杀啊!"拉说道。

拉在欧帕对发号施令习以为常,所以从没想过,狮子不会听从她的指令。当然她并不知道泰山也是这样经常命令它的。狮子蹲下身,朝他们扑去的时候,拉并没有感到诧异。哈杰蓝停下来时,弗迪尔和达雷耶靠在一起,躲在他们的同伴身后。狮子扑过来的时候,他们极度恐惧,转身就跑,撞到了后面的黑人。而哈杰蓝吓得全身麻木,呆呆地站着。狮子抬起前腿摁住哈杰蓝,张开大嘴,"嘎吱嘎吱"地嚼穿他的脑袋和肩膀,像咬蛋壳一样,咬碎了他的头骨,接着将他的尸体猛地一甩,丢在地上,然后转过身,用探寻的目光看着拉。

拉和狮子一样,对哈杰蓝的遭遇不为动容,只想摆脱他们,并不在乎他们的死活。

拉没有命令狮子追赶逃跑的敌人，但很好奇它杀死猎物后，接下来会做什么。她知道和一只饥饿的狮子待在一起并不安全，于是转身沿着小路，继续往前走。狮子并不吃人类，不是出于良心上的不安，而是因为它还小，充满活力。对比人肉，它有更钟爱的猎物，而且捕捉这些猎物，对狮子来说轻而易举，所以它对躺在那的哈杰蓝毫无兴趣，沿着影影绰绰的丛林小路，走在拉的后面。

一个黑人赤身裸体，身上只穿了丁字裤，从海岸给兹弗里带来了消息。他在两条小路的交叉处停了下来，风从他的左边吹过，他敏感的鼻子嗅到轻微的臭气，意识到此处有狮子出没。他毫不迟疑，立刻躲到小路上方的树里。或许狮子已经饱食，也许它不打算捕猎食物，但无论怎样，这个黑人都要小心谨慎，力求万全。他确定狮子正向这里走来，从树上可以看见两条小路。他会一直待在树上，直到狮子从其中一条路离开。

他待在树上感觉很安心，所以观望的时候多少有点漫不经心。不久他突然看见眼前的景象时，毫无心理准备，感到十分震惊。即使他一点都不相信迷信，也无法想象出眼前所见的场景。他眨了眨眼睛，以确定自己没在做梦。他确实没看错，的确是个白种女人。她全身几乎裸露，身上只戴着一些黄金饰品，纤细的腰上围着一条柔软的豹皮腰布。她向前走着，一只手放进狮子黑色的鬃毛里。

他们沿着来时的小路，在交叉口拐进左边的小路。那条小路是黑人之前走的道。他们消失在黑人的视线时，他抚摸着用绳子挂在脖子上的神物，向穆隆古祈祷——穆隆古是他们那个地方信奉的神明，然后继续朝着目的地出发。但他走了一条更加曲折的

危机四伏的小路 | 141

路线。

泰山经常在天黑以后去远征队的营地,躲在他们上方的树上,听着兹弗里给同伴解释自己制定的计划,所以十分熟悉他们的意图,甚至其中的细节都了解得极为详细。

泰山了解到,一段时间里,他们不准备行动。于是他在丛林中悠闲自在地漫步,远离他们的视线,远离他们身上的臭味,充分享受生活的平静和自由。泰山心想:小奇玛这时应该到达了目的地,把托它送达的消息送到了。他仍为拉的离奇消失感到疑惑不解,也因无法找到她的踪影而感到不快。拉消失不见,泰山非常难过。他已经制定好了周密的计划,帮助她复位,惩治她的敌人。可当他在树间摇荡,全然沉浸在生活的愉悦中时,或是当他饥肠辘辘,在静得可怕的环境下,追踪猎物时,他并不会深陷于徒劳无用的懊悔中。

有时他会想起那个英俊年轻的美国佬。虽然泰山视他为敌,但却特别欣赏他。要是他知道此时科尔特正处于绝望的境地,说不定会赶去帮他。然而,他对此不得而知。

科尔特形单影只、孤立无援,陷入了极度的绝望。他跌跌撞撞地走在丛林里,寻找卓拉和劫持她的巨猿,可他完全迷失了方向。而托亚特,在他右边的方向,正扛着自己的俘虏摇摇晃晃地走着,离科尔特的距离很远。

卓拉浑身疲惫,加上受到了刺激,身体变得虚弱无力,如今又陷入可怕绝望的境地,彻底吓坏了,最后晕了过去。托亚特担心她已经死了,但还是继续扛着她往前走。不管怎样,它都要把她展示给部族人看,以显示自己英勇不凡,才算满意,或许还可以趁此,再举行一次达姆达姆仪式。托亚特对自己的力量自信满满,对周围的敌人毫无察觉。他们或许正躲在某个安全的地方,蓄意妨碍托亚特的行动。周围一片寂静,托亚特却毫无防备,不顾危险,在丛林里漫步。

周围的敌人多数凭借敏锐的听觉,和灵敏的嗅觉,觉察到托亚特经过,于是将消息纷纷带给他们各自的主人。但只有一个人嗅到巨猿的气味中还混杂着奇怪的味道,而且是白种女人的味道,他认为此番调查定会有所收获。

托亚特依然漫不经心地走着。此时丛林中有个生物一声不响,飞快向托亚特逼近。他从最佳位置看到了毛发蓬乱的公猿和一个苗条柔弱的少女,顿时嘴角上扬,一声不发,龇牙低吼。过了一会儿,一个身材高大、古铜色皮肤的白人,突然轻盈地从树下跳下来,挡在托亚特面前。托亚特眼看自己的战利品受到威胁,被迫停了下来,愤怒地大声咆哮,气得毛发竖起。

托亚特恶毒的眼神闪着愤怒和憎恨的火光。"快滚,"它说,"我是托亚特,快滚,不然我杀了你。"

"把她放下。"泰山命令道。

"不,"它发出吼叫,"她是我的。"

"把她放下,"泰山又说了一遍,"然后离开,不然我杀了你。我是人猿泰山,丛林之王!"

泰山拔出父亲的猎刀,屈膝朝托亚特逼近。托亚特气急败坏,眼看就要引发战斗,于是将女孩扔在一旁,腾出双手。他们绕着圈子,等待着出击的有利时机的时候,突然顺风方向的丛林里,传来震耳欲聋的响声。

大象在树林深处,正安心地睡着觉,突然被两只野兽的怒吼声吵醒。顿时它闻到了熟悉的气味——是它亲爱的泰山身上的味道——除此之外,还闻到巨猿身上浓烈的味道。它听到了声音,意识到泰山正在和巨猿对战。

危机四伏的小路 | **143**

144

大象在森林里凶猛前进,压弯了经过的大树。当它冲到小路上,高耸地站在他们面前时,托亚特看见了大象愤怒的眼神和它闪闪发亮的长牙,转身一溜烟跑进了丛林。

Chapter 13

狮 人

兹弗里之前还认为,他的计划取得最终成功的希望会破灭,而现在对计划多少又重新点燃了希望。他的间谍顺利给他补给大量必需品,并向他派出了一支小分队——他们都是些愤愤不平的黑人,以壮大队伍的规模,确保侵占意属索马里兰的计划最终能获得成功。

兹弗里计划进行一次出其不意、行动迅速的侵袭,毁灭当地村庄,占领一个或两个前哨基地,然后穿过边界,迅速撤离,打包好法国军服,以备今后之需;并采取行动,推翻塔法里公爵在阿比西尼亚的统治。兹弗里在阿比西尼亚的间谍向他保证,那里的革命时机已经成熟。间谍还向他保证,阿比西尼亚一旦被兹弗里掌控,成为人员聚集地,北非地区的土著人都会听从他的命令而在那聚集。

在遥远的布哈拉,贪婪的美国资本家一次性提供了两百架飞机，其中包括轰炸机、侦察机以及其他作战飞机，这些飞机正处于调动状态，随时被派出，穿越波斯、阿拉伯半岛，赶到阿比西尼亚这个主要基地。有了这些装备，加上规模庞大的本地军队，兹弗里觉得自己的地位稳如泰山。之后不满现状的埃及会为他注入力量，而且那时欧洲会卷入战争的漩涡，无法协作一致对抗他，如此一来，他的君主之梦指日可待，他的地位将不可动摇。

也许这个梦想是黄粱一梦，也许兹弗里失去了理智，可伟大的世界征服者，哪一个行为不是有点疯狂呢？

他想象着国家的边界，一点一点向南推移，领土不断扩张，终有一天将统治整个大陆，统治者就是我——非洲的君主。

"兹弗里同志，你看起来很开心呀。"莫里说道。

"难道我不应该开心吗，托尼？"兹弗里质问道，"我看见了成功，它近在咫尺。我们所有人都应该开心，他日我们将会开心得多。"

"是啊，"托尼说道，"等菲律宾独立了，我也会非常开心。兹弗里同志，你觉得我回去后，会成为大人物吗？"

"当然，"兹弗里说道，"如果你留下来，为我效力，会更加伟大。托尼，你想做大公爵吗？"

"大公爵！"托尼大声喊道，"我以为再也不会有大公爵了。"

"但也许会再次出现。"

"可他们是压榨工人阶级的恶毒之人。"托尼说道。

"那就做压榨富人的大公爵，拿走他们的金钱，也不失为一件美事，"兹弗里说，"大公爵有钱有势，托尼，你难道不想变成这样的人物吗？"

"当然想，有谁会不想？"

"那托尼，你就按我说的做。有朝一日，我会让你当上大公爵。"

狮　人 | 147

兹弗里说道。

现在营地每时每刻动静不断，兹弗里制定了计划，训练招募进来的土著新兵，把他们训练成有秩序、有纪律的军队。罗梅罗、多斯凯和伊维奇都具备军事相关的经验。营地里布满了行军士兵，他们部署士兵，管理队伍，集合练习步兵操典，接受基本的枪火训练。

托尼和兹弗里交谈后的第二天，托尼协助罗梅罗训练一伙黑人新兵。

训练休息间，罗梅罗和托尼轻松地抽着烟时，托尼转身对着罗梅罗。"同志，你去过那么多地方，"托尼说道，"你或许知道大公爵穿着哪种服饰。"

"我听说，"罗梅罗说道，"好莱坞和纽约的大公爵大多穿围裙。"

托尼做了个鬼脸，说道："那我不想当大公爵。"

营地里的黑人新兵对操练兴趣十足。他们忙于操练，如此也免得给营地惹麻烦。他们有充足的食物充饥，对今后作战行军的日子充满期待，感到安心自足。之前那些人在欧帕遭遇了可怕的经历，遇到了几次意外事件，变得心神不宁，现在他们又变得士气十足了。他们能重拾信心，兹弗里将其归功于自己卓越非凡的领导能力。这时，一个信使跑到营地，给他带来消息，并跟他讲了件不可思议的事情。他看见一个白种女人在丛林打猎，身边跟着一只黑色鬃毛的狮子。这个消息足以让黑人们想起之前的离奇事件，并提醒了他们这片区域有超自然现象存在，这里住着妖魔鬼怪，他们随时都会遇到可怕的灾祸。

黑人们听了信使讲的故事后变得胆战心惊。而兹弗里听了信使带来的消息后，突然情绪爆发，几近到了丧心病狂的边缘。他在帐前大步来回走动，大声地咒骂，也不向中尉们解释愤怒的缘由。

当他还在愤怒气恼时，丛林里聚集了其他的军队要对付他。上百个黑人士兵在丛林移动，他们皮肤平滑，有光泽，肌肉鼓动，脚步轻快灵活，可见他们体魄强健。他们赤身裸体，只有腰间围着一条细窄的腰布，由豹子或狮子皮毛做成。身上的几件饰品——铜制的裸扣和臂环，以及狮子爪子做成的项链——被他们视若珍宝，而他们每个人的头顶上都飘着一根白羽毛。然而，他们使用的不是原始装备，而是现代士兵用的武器：杀伤力大的军用步枪，左轮手枪以及挎肩的子弹带。的确这是一支令人敬畏的队伍，他们一声不响，在林间稳步前进。带领这支队伍的首领肩上坐着一只小猴子。

大象出其不意地冲了过来，吓得托亚特跑进了丛林，泰山才舒了一口气。他不愿意和巨猿发生冲突。泰山视巨猿如兄弟，它们在他心里凌驾于其他物种之上。他从没忘记自己是母猿卡拉照顾长大的，也没忘记自己是在猿王科查克的部落长大成人的。从小到大他只把自己当作巨猿看待。即使现在，相对于人类的行为动机，他更能理解、更加欣赏巨猿的行为动机。

泰山示意大象平复下来。大象又恢复了一贯的镇定。但对威胁泰山的一切危险，它仍十分警惕。大象静静地看着泰山，泰山转身跪在失去知觉的卓拉身边。他一开始以为她死了，不久后发现，她只是昏厥过去。泰山抱起她，对大象说了几个字后，它便转过身来，低着脑袋，朝茂密的丛林径直走去，走通了一条路。泰山抱着昏厥的卓拉，沿着这条路往前走。

大象像一支箭，笔直往前走，走到大河河岸边，停了下来。泰山一心想着把这位不幸被托亚特俘虏的女人送回到河的对岸。他之前在远征队的营地里见过这个女人，所以一眼便认出了她。

狮　人 | 149

泰山粗略地瞧了一下，卓拉由于挨饿受惊受冻，正处于死亡边缘。

泰山又跟大象说了什么，然后大象用鼻子把他们缠绕起来，抬起后轻轻地放在宽厚的背上，蹚水走进河里，向对岸走去。中央的水很深，水流湍急，大象的腿被淹没了，逆流走了相当长的距离，脚步才平稳，最终到达了对岸。然后大象继续向前走，走出一条路，最后走到了一条宽阔的小路上。很明显这是一条兽道，野兽经常在这里出没。

泰山走在前头，大象跟在后面。他们默默地朝着目的地前进的时候，卓拉睁开了眼睛。她立刻回想起自己深陷困境，发现自己的脸颊正贴在俘虏者的肩上，但她感觉到的不是蓬乱粗糙的毛发，而是人类光滑的皮肤。她转过头，看着他的轮廓。

卓拉一开始以为，自己害怕得产生了奇怪的幻觉。当然，她之前昏厥了过去，不知道过了多久，也想不起期间发生了什么，只记得自己躺在巨猿的怀里，被带进了丛林，然后失去了意识。等醒来时，巨猿变成了长相英俊、半神半人的人物。

她闭上眼睛，扭过头，把脸背对着泰山的肩膀，心想：这会儿先闭上眼睛，然后睁开，再偷偷地回头看一眼他的脸，如果这一次看见的是巨猿，那么自己要么是疯了，要么是在做梦。

当她睁开眼睛，看到眼前的画面后，确信自己在做噩梦。她看见一只巨大的大象笨重、迟缓地走在她后面。

泰山觉察到卓拉的脑袋动了，知道她恢复了意识。他回头看她，见她睁大了眼睛诧异地看着大象。接着她转过头，他们的目光正好相遇。

"你是谁？"卓拉低声地问道，"我是在做梦吗？"泰山转过头，看着前方，没有回应她。

卓拉想挣脱束缚，但体力虚弱、孤立无援，迫于无奈，只得听天由命,又继续把脸靠在泰山的肩上。

最后泰山停了下来,把卓拉放在地上。他们此时在林中一小块空地上,一条小溪从空地上潺潺流过。巨大的树木像拱桥一般悬在他们上方,强烈的阳光透过树叶,在草地上落下斑驳的光点。

卓拉伸开四肢躺在柔软的草地上,当她试图坐起来时,发现非常困难,这才意识到身体是多么的虚弱。当周围的景象映入眼帘时,一切恍如梦寐——一只大公象站在她上方。一个古铜肤色的人蹲坐在小溪边,他身体几乎赤裸,身材高大。他用一片大树叶卷成羊角状,用叶子盛满水,起身向她走来。他蹲下,默不作声,手搀在她肩膀下,扶她坐起来,递给她临时用的杯子,给她水喝。

她实在口渴难耐,大口喝着水,接着抬头看着他英俊的脸庞,向他表示感谢,但泰山没有回应,她自然以为他听不懂她说的话。当卓拉喝够了,解渴了,他又轻轻地把她放躺在地上,然后轻轻松松地摇荡着爬上树,消失在丛林里。大象依然站在她身边,仿佛在守护着她,巨大的身体慢慢悠悠地前后摇摆。

周围的环境安静平和,卓拉的神经逐渐放松,但心里依然觉得自己处境极其危险。这个男人是谜一样的人物。尽管她十分清楚,把她掳走的巨猿并没有神奇地变成英俊的森林之神。除非真像她过度猜想的那样:其实那个男人和巨猿是一伙的。男人是巨猿的主人,巨猿掳走自己后又交给了他,除此之外,她实在想不出他是怎样出现的,那只巨猿又是如何消失的。但从那个男人的态度,根本就看不出他有伤害她的意图。卓拉习惯用文明社会的标准去衡量男人。按照文明社会的标准,她实在看不出他另有所图。

经过分析,她觉得这个男人呈现出一个矛盾的形象,激起她的无限想象。他看起来和这个原始非洲丛林格格不入,但同时又和周围环境相处得十分和谐。

狮人 | 151

他的举动如同完全在家一般自在。另外让她一直感到好奇的是，男人看到野生大象竟视若无睹，就如一般人看到圈养的狗一样。要是他看起来蓬头垢面、肮脏不堪、堕落颓靡，卓拉会不假思索地认为，他是一个被社会摈弃的人，这类人经常处于半疯半癫的状态，有时候远离人群，过着野兽般的生活。他们也一律不按体面、整洁的高度标准来要求自己。可他看起来训练有素、身强力壮、爱好整洁。从他那锥形的脑袋和机灵的眼睛，也看不出他是个心态堕落、道德低下的人。

卓拉琢磨着泰山的时候，他回来了，抱着一堆笔直的树枝，上面的枝叶被拔除干净。他在河岸上迅速、熟练地搭了一个栖身之所，可以看出他在这方面有多年的经验。泰山聚拢了一堆阔叶，铺在房顶上，用带叶的树枝把房顶的三面围起来，以抵御住盛行的强风，另外用叶子、小树枝和干草铺做成地板。然后他向卓拉走去，把她抱起，让她钻进自己亲手搭建的简陋的遮蔽所里。

然后他又离开了，回来的时候带来了一点水果。泰山考虑到她很久没有进食，也不能吃得太撑，于是就给她带了少量的水果。

泰山手里忙活时总是默不作声，虽然他们之间毫无交流，但卓拉心里越发觉得他值得信赖。

他再次离开时，出去了很长时间，但大象依然站在空地上，仿佛庞大的哨兵，为她站岗。

这一次，泰山带回来了一只鹿的尸体，然后他用原始人的方式生火。当鹿肉放在火上烤时，卓拉闻到了沁人心脾的肉香，意识到自己已经饥饿难耐了。鹿肉烤好后，泰山走向卓拉，蹲在她旁边，用猎刀小片地切下鹿肉，喂给她吃，就像喂食给无助的婴儿一样。他一次性只喂给她一小块，让她慢慢消化。她吃着鹿肉的时候，泰山在她面前第一次开口说话，但不是和她说，而是和大象说话，而且说的是她从未听过的语言。

他话一讲完，大象就慢慢转身，走进丛林。它走路的声音逐渐减弱，最后消失在远处。晚餐还没吃完，天就已经黑了。她在一闪一闪的火光下吃完了晚餐，火光把泰山古铜的皮肤照得通红，他神秘灰色的眼睛映着火光，给人一种能洞察万物的感觉，甚至可以看穿她灵魂深处的想法。他又取水给她喝，之后蹲在她遮蔽所外，开始吃鹿肉充饥。

卓拉在泰山的默默关心下，心里渐渐有了安全感。但是现在她明显有了顾虑。突然卓拉又对这个沉默的男人产生了新的恐惧，她看见泰山吃着生肉，他撕扯着血肉，像野兽一般。这时在火光对面的丛林里，有走动的声音，他抬起头看着，突然嘴里发出低沉野性的咆哮声，卓拉闭上眼睛，吓得不禁把脸埋在胳膊里，不住地颤抖。黑暗的丛林里又传来了回应的咆哮声，声音越来越远，不久又恢复了寂静。

过了很久，卓拉才敢睁开眼睛。当她睁眼时，看见他已经吃完了，伸展四肢，躺在火堆和她之间的草地上。她很肯定自己有几分怕他，但同时也承认，他的出现让她在丛林中有了前所未有的安全感。当她琢磨这个问题的时候，打起了盹儿，不久便睡着了。

当她醒来时，初升的太阳温暖了整片丛林。泰山向火堆里增添了木柴，然后坐在火堆前，烤着一小块肉。他旁边放着一些水果，一定是他醒后采摘的。卓拉一直看着他，被他健美的形体深深地吸引，同时也被他在某些方面表现出的高尚举止所吸引。他的高尚举止和他沉着的气质，以及透露着智慧敏锐的眼睛协调相称。她希望没看见他吃肉的样子，那个样子简直和狮子一模一样。

他强健的体魄、他的高尚威严，以及每个行为表现出来的凶猛，宛若一只狮子，于是卓拉开始把他当作自己的雄狮。虽然卓拉试图去信任他,但还是会有点怕他。

泰山又喂她吃饭,给她取水,然后才去吃东西。他站起身,发出低沉拖长的喊叫声,然后蹲下来,大口吃着食物。虽然他用强壮棕色的手拿着食物,吃着生肉,但这一次细嚼慢咽,举止温文尔雅。卓拉见了,觉得他没有那么令她反感了,于是又尝试和他说话,用各种语言以及几种非洲方言和他说话。可卓拉与其知道泰山听得懂她说的话,不如当他是个哑巴野人要好,因为倘若她知道泰山是英国的贵族,一定会恼羞成怒,而不是像现在这样失望沮丧。卓拉说的每句话,他都完全听得懂,但泰山出于一些原因不予回应,当然这些原因他再清楚不过。泰山将卓拉视为敌人,所以在她面前,更愿意做一个不会说话的野人。

然而,泰山这个英国贵族的身份,对她来说有利无弊。当一个女人处于孤立无助的境地时,泰山会出手救她,是因为受到英国贵族、人类本性的驱使,而不是受他残忍兽性的驱使。虽然展现兽性一面的泰山不会攻击她,但会对她放任不管,任由丛林的法则处置她,就像对待其他物种一样。

泰山吃完食物后不久,听见丛林传来巨大的响声,这是大象回来了。当它出现在空地上时,卓拉意识到大象回来是因为听到了他的呼唤,对此感到十分惊奇。

几天过去了,卓拉晚上有沉默的森林之神的守护,白天有大象的守护,慢慢恢复了精力。卓拉目前担心的只有科尔特的安危,一刻都没有忘记他。但她的担忧不是没有道理,科尔特这几天的确遭遇不顺。

科尔特同样为卓拉的处境感到焦虑不安,他为了找她和掳走她的巨猿耗尽了力气,但仍毫无进展。他完全忽略了自己,最终因饥饿和劳累,变得精疲力竭。

科尔特猛然意识到自己处境危险。现在他迫切需要食物,之前发现了猎物,数量不多不少,而现在完全找不到了,就像突然离开了这个国家似的。就连至少够他保命的小型啮齿目动物,现在要么提高警惕,要么根本不出现了。偶尔找到一些水果,但这些水果补给的能量太少,有些甚至供给不了能量。于是他最终不得不相信,自己的忍耐力和力气都已消磨耗尽,就要走到生命尽头。除非奇迹发生。他身体过于虚弱,一次只能跌跌撞撞地走几步;倒在了地上,不得不躺上很长一段时间,才能站起来。但根据一般的情节设定,科尔特最终没能站起来。

然而,他没有放弃,有某种超出欲望的东西激励他前进。他不能死,卓拉情况危险,他绝不能死。终于,他找到一条有人走过的小路,确定在这条路上总会遇到当地猎人,或许还可以回到大本营。由于他没有力气站起来,所以现在只能匍匐前进。这时,他千辛万苦想要避免的时刻还是来了——这一刻标志着终结。科尔特预想过生命终结的几种形式,却没想到死亡会以这种形式到来。

他躺在小路上休息了片刻,继续匍匐前进,突然意识到周围不只他一人,但他并没有听见声音,毫无疑问,由于疲惫,他的听觉已经变得迟钝。但是人在某个时候会有一种奇怪的感觉,这种感觉让他意识到,有眼睛在盯着他。

他费力地抬起头看,一只狮子站在他面前,张大嘴巴,发出愤怒的吼叫声,黄绿色的眼睛闪着愤怒的光芒。

Chapter 14

击 落

　　泰山从鲜为人知的小路飞快地穿过丛林，几乎每天都去查看营地的情况。远征队几乎准备就绪，远征队员都得到发放的服装——泰山认出这是法国殖民军队的军服——他意识到自己要开始采取行动，希望小奇玛把消息安全送达，如果失败了，他会另找办法。

　　卓拉的力气逐渐恢复了。今天她站起来走了几步，来到洒满阳光的空地。大象一直注视着她。卓拉早就不害怕大象，现在也不畏惧一直善待她的泰山了。卓拉缓慢地走向大象时，它前后晃动着鼻子，不再看她。

　　大象温驯听话，不惹麻烦，一整天守护着卓拉，她很难想象它会伤害自己。然而，她看着大象的小眼睛，在看到它的眼神时突然停下了脚步。卓拉意识到它毕竟是只野生大象，觉得自己的行为过于鲁莽。卓拉离大象很近，她本想伸手摸摸它，想和它做朋友。

大象摇晃的长鼻突然向前伸,将她的身体包裹起来,她感到非常害怕。卓拉没有尖叫,只是闭上眼睛,默默地等着。她感觉身体被抬起,离开了地面。过了一会儿,大象穿过空地,把她小心地放进帐篷,然后慢慢地往回走,继续值守岗位。

它没有伤害卓拉。一个母亲抱起自己的孩子,动作也不过这么轻柔,但是这让卓拉觉得他们只是囚犯和看护的关系。实际上,大象只是执行泰山的指令,并没有强行限制她的自由,这么做只是防止她走进丛林,怕她遇到危险。

卓拉还没完全恢复体力,这段经历使她浑身发抖。尽管她意识到完全没必要感到担心,但还是决定在大象的监护下不进行自由活动。

不久,泰山回来了,这次回来得比往常都要早。泰山只和大象说话,同时大象用鼻子抚摸着他,然后转身走进了森林。泰山向坐在帐篷门口的卓拉走去,轻轻地将她举起,把她放在自己肩上,卓拉对他的力气和敏捷的动作感到极度惊讶,他摇荡着树枝爬上树,跟在大象后面,穿过丛林离开了。

大象在河岸等着他们——他们之前渡过这条河。大象载着卓拉和泰山安全到达对岸。

泰山给卓拉搭好营地后,一天独自过了两次河。他一个人过河时,不需要大象和其他人的帮助,独自游过湍急的河流,他当时眼神警惕,携带着锋利的匕首,以防鳄鱼吉姆拉攻击他。但带着一个女人过河,就需要大象的帮助。通过其他方式过河,卓拉都会遇到艰难危险,有了大象,她就不用面对这些困难。

大象走到泥泞的河岸上,泰山告诉它可以离开了,接着抱起卓拉,跳到附近的树上。

击落 | 157

他们在树林间无阻地穿行，这种体验，卓拉难以忘怀。一个人类竟能拥有如此强大的力量和敏捷的动作，并抱着她穿行，简直令人难以置信。卓拉躺在泰山的怀里，感受到了他生命的温度。要不是感受到了他的温度，她很可能会认为他来自超自然世界。他们从一个树枝跳到另一个树枝，从树枝间的空隙中荡过，在森林间飞快穿行。卓拉一开始感到极度惊慌，后来逐渐变得不再恐惧，她对泰山产生了十足的信任感。最后他停下来，把卓拉放在树枝上后，穿过树叶指向前方。卓拉顺着他指的方向看，看见前面是她同伴的营地，感到惊讶不已。泰山又把她抱起来，轻轻地跳下树，落在宽阔的小路上。这条小路就在他们停驻的树干旁，蜿蜒向前。泰山挥了挥手，示意她可以回到营地去了。

"噢，我该如何感谢你！"卓拉惊呼道，"我多想让你知道，你是那么好，我是多么地感激你为我做的一切。"但他什么都没说，只是转身轻轻地摇荡到他们附近的树上。

卓拉遗憾地摇了摇头，沿着小路走向营地，泰山在树上一直跟着她，确保她安全到达营地。

伊维奇刚打完猎，正准备回营地，这时他注意到空地边缘的树上有动静。突然，伊维奇看见豹子身上的斑纹，举起枪朝树上射击。就在卓拉刚进入营地时，泰山从树上掉下来，几乎掉在她旁边，他头上的枪伤渗着血，阳光洒在他带有豹纹的腰布上。

倘若此时有人听到了狮子的怒吼声，就算他的身体状况比科尔特要好，也会被吓得心惊胆战。这时，科尔特突然又看见一个美丽的少女，从后面迅速地向狮子跑来，看见这一幕，科尔特感到惊讶万分。

他的脑袋里回忆和幻想交错其间，在这短暂的瞬间，他想到

158

击 落 | 159

人类受到狮子攻击时毫无痛感——他们既不痛苦也不害怕——这是他们亲眼所见的事实。他还想到，人类会因饥渴交迫而发疯。如果他死了，会没有痛苦地死去，他很乐意自己会是这种情况。可要是没死，那他一定是疯了，眼前的狮子和少女一定是他大脑产生的幻觉。

他入迷地看着眼前的狮子和少女，他们是多么真实啊！科尔特无助地躺在小路上。他听见女孩和狮子讲话，看见她从狮子旁边擦身而过，走到他面前，蹲在他身边。女孩碰了碰他，他才知道原来这一切是真实的。

"你是谁？"女孩问道。她结结巴巴，说着动听的英语，其中夹杂着陌生的口音，"你怎么啦？"

"我迷路了，"科尔特说道，"我快要不行了，我很长时间没有吃东西了。"说完就晕过去了。

这只金色的狮子，对拉怀有一种奇怪的感情。或许是一种野性灵魂对另一种野性灵魂的呼唤，又或许它只是想起了她是泰山的朋友。但无论如何，陪在她身边，它感到美好快乐，就像一只忠实的狗乐意陪在主人身边一样，保护着拉，对她无比忠诚，捕到食物，和她一起分享。而拉总是切下一小块肉，走到不远的地方生火烤肉。狮子吃肉的时候，她从不敢冒险回去拿肉，因为狮子毕竟是狮子，它吃肉时发出了残忍凶猛的咆哮声，拉提醒自己，不要想当然地以为狮子是慷慨大方的食肉动物。

他们吃肉的时候，科尔特向他们走来，狮子注意到了他，丢下食物走到小路上。这会儿拉很担心，担心狮子不听命令，会伤害科尔特。她希望狮子会听从她的命令，不希望科尔特受伤，因为他的长相让她想起了泰山。相对于欧帕长相怪异的祭司，他和泰山相貌更接近。因为他们长相相近，所以拉觉得他可能来自泰山的国家，或许他是泰山的朋友，倘若真是如此，她一定要保护他。拉叫狮子停下来的时候，狮子听从了命令，没有蓄意攻击他，拉顿时感到如释重负。

科尔特恢复意识后，拉试图扶他站起来，费了很大力气，加上他自己的配合，最后才把他扶起来。她让科尔特把一只胳膊搭在自己肩上，搀扶他沿着小路往回走，狮子跟在他们后面。但要带他穿过灌木丛去隐秘的峡谷有些困难，狮子的猎物放在峡谷里，而她生的火堆在离峡谷不远的地方。最终她成功做到了，拉搀着他走近火堆，把他放躺在地上，而狮子继续一边吃它的食物，一边发出吼叫。

拉喂给科尔特一小块烤过的肉，他狼吞虎咽地把她给的肉全吃了。不远处有条小河，拉和狮子吃完食物后，一般会去河边喝水。但拉觉得搀着科尔特在丛林里走不了那么远的路程，于是让他和狮子留下，自己独自去河边。她离开前，告诉狮子看守着他，拉和它说的是人类最早的语言，也是巨猿的语言，丛林里的动物多多少少都能听得懂。拉在河水附近找到了想找的东西——一种外面包着硬壳的水果。她用小刀切去水果的一端，舀掉里面的肉汁，做成了一个原始、但非常实用的杯子，可以用它从河里装水。

科尔特喝了水，吃了食物后，恢复了精神和力气。虽然他躺在离狮子只有几码远的地方，却感到知足安稳，他唯一担心的是卓拉的安危。

"你现在感觉好些了吗？"拉夹带着关心的语气问道。

"好多了。"科尔特回复道。

"可以告诉我你是谁，还有你是这里的人吗？"

"我不是这里的人，"科尔特回答道，"我是美国人，我的名字叫韦恩·科尔特。"

"你有一个叫泰山的朋友吗？"她问道。

科尔特摇了摇头。"没有，"他说，"我听过他的名字，但不认识他。"

拉皱了皱眉，"那你就是他的敌人？"她追问道。

"当然不是，"科尔特回应说，"我都不认识他。"

拉眼里突然闪着光芒，"你认识卓拉吗？"她问道。

科尔特震惊地坐了起来："卓拉·德里诺弗？"

他追问道："你怎么认识她？"

"她是我的朋友。"拉说道。

"她也是我的朋友。"科尔特说道。

"她有困难。"拉说道。

"这个我知道，可你怎么知道的？"

"她被沙漠里的人俘虏时，我和她在一起。后来他们把我也抓了，但我逃出来了。"

"那是什么时候的事？"

"距我最后一次见她时，已经过了好几天。"拉说道。

"我就是那时见到她的。"

"她在哪儿？"

"我不知道，我发现她时，她和阿拉伯人在一起，然后我带她一起逃走了。我在丛林打猎的时候，有东西出现把她抓走了。虽然我发现了那东西的脚印，但我不能确定它是人还是猩猩。我找了她很久，找不到食物吃，也很久没喝水，于是耗尽了力气，然后你出现了。"

"现在不用担心找不到食物和水，"拉说道，"因为狮子会给我们找吃的，如果能找到卓拉朋友的营地，或许他们会出去找她。"

"你知道营地在哪儿吗？"科尔特问道，"离这里近吗？"

"我不知道营地在哪儿,我也一直在找,想带着她的朋友去追赶那些阿拉伯人。"

他们聊天的时候,科尔特一直在观察拉。他注意到她穿着怪异,不是文明社会的服饰,她的脸蛋和身材美得令人惊叹。他的直觉告诉他,这个女孩不属于这里,科尔特对她充满了无限的好奇。

"你还没告诉我你是谁呢。"科尔特说道。

"我是欧帕的拉,"她回答说,"太阳神的高级女祭司。"

欧帕!科尔特猜到了,她的确不属于这里。欧帕,那个神秘的城市,拥有取之不尽的宝藏。科尔特心想:她说的欧帕会不会和长相怪异的士兵所在的欧帕是同一个城市?他和罗梅罗之前还在那里和他们战斗,欧帕居然还有像娜奥和拉一般如此美丽的女人。科尔特心想:为什么不能早点把拉和欧帕联系起来,因为他发现拉胸前的饰品和娜奥,以及坐在神庙王座上的女祭司佩戴的饰品非常相似。

科尔特想起之前企图进入欧帕,掠夺宝藏的经历,觉得还是不要提起跟欧帕有关的任何事情为好。科尔特猜想,虽然欧帕的女人像娜奥一样也会坠入爱河,但她们为了复仇,也能激起原始残忍的一面。

他们晚上躺在狮子猎物旁。第二天早上,科尔特发现力气恢复了一部分。晚上狮子把捕的猎物吃得干干净净。太阳出来后,拉找到他们吃的水果,狮子则漫步到河边喝水,它中途突然停下来,发出咆哮声,好让全世界知道森林之王在此。

"狮子明天早上才会出去捕捉猎物,"拉说道,"所以在那之前,我们没有肉吃,除非我们足够幸运,自己捕到猎物。"

科尔特很早就把阿拉伯人的来复枪丢了,枪支很沉,当时他的身体越来越虚弱,背着一把枪,他的肌肉只会越发无力,所以现在一无所有。拉随身携带着匕首,可以用匕首捕猎。

"我认为在狮子捕猎前,我们可以先吃些水果,"科尔特说道,"其间我们不妨试着寻找营地。"

拉摇了摇头,"不,"她说,"你必须休息,我发现你的时候,你身体非常虚弱,在你恢复前,不应该消耗体力。狮子要睡一整天,我们砍一些木棍,放在小路旁,会有一些小动物经过,说不准运气好。如果没抓到,明天它会捕猎,这次我会拿到猎物的整个后肢。"

"狮子竟会不伤害你,真是令人难以置信。"科尔特说道。

"一开始我也不知道怎么回事,"拉说道,"过了一会儿,我才意识到,我是泰山的朋友,所以它不会伤害我。"

当卓拉看见泰山死气沉沉地躺在地上,迅速跑向他,跪在他旁边。她刚刚听到了枪声,现在看见他头上的枪伤处渗着血,猜想一定有人蓄意杀他。这时伊维奇跑了过来,手里拿着枪支,她转过身,像只母老虎一般看着他。

"你竟然杀了他,"卓拉大喊道,"你这个畜生!他的命比你宝贵得多。"

营地里其他人听见枪声和东西撞地的声音,都纷纷跑了过来,不久泰山和卓拉被一群好奇激动的黑人包围,其余的白人也挤到前面来。

伊维奇看到眼前的场景十分震惊,不仅是因为看到身形庞大的白人躺在地上,他看样子显然死了,还因为看见了卓拉。营地所有人都放弃寻找她,认为她消失不见了,再也找不到了。"德里诺弗同志,我也不知道,"伊维奇解释道,"怎么会击中了一个人,我现在知道为什么会弄错了,我看见树上有动静,以为是豹子,结果竟然是他身上穿的豹皮腰布。"

这时兹弗里挤过人群，走到人群中央。"卓拉！"他看见卓拉，惊讶地大喊道。

"你到哪去了？发生了什么？这是什么情况？"

"他是我救命恩人，伊维奇这个蠢货居然杀了他。"卓拉大叫道。

"他是谁？"兹弗里问道。

"我不知道，"卓拉回应道，"他从没跟我说过话，我会的语言，他似乎都听不懂。"

"他还没死，"伊维奇大喊起来，"看，他动了。"

罗梅罗蹲下，检查泰山头上的伤口。

"他只是被击昏了，"他说道，"子弹从他的脑袋斜擦过去，没有头骨破碎的迹象，我以前见过有人被子弹擦中。他或许会昏迷很长时间，或许没那么长，但我确定他不会死。"

"你觉得他会是魔鬼吗？"兹弗里问道。

卓拉摇了摇头，"我不清楚，"她说道，"我只知道，他令人惊叹的本领和他身份一样神秘莫测。"

"我知道他是谁，"一个黑人说，他挤到前面，看到了躺在地上的男人，"如果他还没死，最好杀了他，因为他会是你最大的敌人。"

"你这话什么意思？"兹弗里追问道，"他是谁？"

"他是人猿泰山。"

"你确定？"兹弗里厉声问道，

"是的，老爷，"黑人回复说，"我曾见过他一次，没人会忘记人猿泰山的模样。"

"伊维奇，你这枪射得太妙了，"兹弗里说道，"既然你射了他，不妨也由你来了结他。"

"你的意思是杀了他？"伊维奇质问道。

击 落 | 165

"如果他活着，我们的事业就实现不了，我们也会送命，"兹弗里回复说道，"我一直以为他已经死了，否则我也不会来这里。既然上天让他落入我们手里，放他走就是愚蠢的行为，因为他是我们最危险的敌人。"

"我不能杀他，这样做太残忍了。"伊维奇说道。

"你这个蠢货真是优柔寡断，"兹弗里说道，"但我不是，卓拉，你站开。"他一边说着一边拔出手枪，走向泰山。

卓拉立刻趴在泰山身上，用身体护住他。"你不能杀他，"她大叫道，"你不可以杀他。"

"卓拉，别傻了。"兹弗里厉声说道。

"他救了我的命，把我送回营地。你觉得我会让你杀他吗？"她质问道。

"卓拉，恐怕你阻止不了我，"兹弗里说道，"我也不喜欢杀人，但他的命和事业只能留一个。如果他活着，我们就垮了。"

卓拉跳起来面对着兹弗里。"如果你杀了他,我就会杀了你——我以我最挚爱的东西发誓。你可以把他关起来，但你想活命的话，就别杀他。"

兹弗里气得脸色煞白。"你说这些话就是背叛事业，"他说道，"说这种话的叛徒早就被处死了。"

卓拉意识到情况极度危险，她不敢相信兹弗里会威胁她，但她有机会救泰山的话，就必须迅速采取行动。"让他们都离开，"卓拉对兹弗里说，"你杀他前，我有话要跟你说。"

他犹豫了片刻，然后转身朝着站在身边的多斯凯。"把他牢牢地绑好，带到帐篷里，"他命令道，"等他醒来，我们要对他进行审问，然后再处决他。"接着转向卓拉，"卓拉，你跟我来，我听一下你到底要说什么。"

他们一言不发，走到兹弗里的帐篷前。"你要说什么？"卓拉停在帐篷前，兹弗里询问道，"你要跟我说什么，好让我改变计划，不处死你的爱人？"

卓拉盯着他看了很长时间，她的嘴角上扬，露出一丝轻蔑的冷笑。"你竟然会这么想，"卓拉说道，"但你想错了。无论你怎么想，你都不可以杀他。"

"我为什么不可以杀他？"兹弗里追问道。

"如果你杀了他，我会把你所有的计划告诉他们，告诉他们你才是事业的背叛者，你一直利用他们，实现你自己的野心，成为非洲的统治者。"

"你不敢，"兹弗里大叫道，"我也不会让你得逞，尽管我是那么爱你，你背叛我，我会立刻杀了你，除非你承诺不干涉我的计划。"

"你不敢杀我，"卓拉嘲讽地说道，"营地每个人都对你有敌意，他们所有人都拥戴我，甚至有些人或许有点喜欢我。如果你把我杀了，五分钟以内难道不会有人替我报仇吗？我的朋友，你不得不把其他东西考虑在内，你最好听从我的建议。你可以把泰山关起来，但永远都不能杀他，也不能让其他人杀他。"

兹弗里坐到椅子上。"每个人都跟我对着干，"他说，"就连你，我爱的女人，都与我为敌。"

"在各方面，我对你的态度从没变过。"卓拉说道。

"你说的是真的？"他抬起头问道。

"绝对是。"卓拉回应道。

"你和他在丛林单独待了多久？"兹弗里追问道。

"别这么说，"她说道，"就算他是我的亲兄弟，他也不会特殊对待我，当然撇开其他因素，你应该非常清楚，我不是你语气中暗示的那种人。"

"你从没爱过我——这就是理由,"他说道,"但我不会信任你,凡是有爱恋对象的女人,或暂时有迷恋对象的女人,我都无法信任。"

"你说的这些,"卓拉说道,"和我们讨论的话题无关。你打算杀他,还是不杀他?"

"看在你的面子上,我不杀他,"兹弗里回应道,"即使是你,我都不信任,"他补充说道,"我谁都不信任,我如何能够相信你们?看看这个,"他从口袋里拿出加密信息递给她,"这是几天前送来的——可恶的叛徒。我真想逮住他,然后亲手杀了他,但我猜没这个好运,他可能已经死了。"

卓拉接过文件,在原信息下面,是兹弗里潦草的字迹,是用俄语解密的信息。她看了内容后,惊讶地睁大了眼睛。"简直难以置信。"她大声喊道。

"但这是真的,"兹弗里说道,"我怀疑那只卑鄙的狗是叛徒,"他又咒骂了几句,"我觉得那个该死的墨西哥人也是叛徒。"

"至少,"卓拉说道,"他的计谋被阻挠了,我断定,他寄出的消息没有送达。"

"是的,"兹弗里说道,"消息错误地传给了我们的探子,没有传到他们手里。"

"所以没有造成损失。"

"幸亏没有,但这件事也让我不再相信任何人,我要尽快让队伍行动,以免又有事情发生,干涉我的计划。"

"都准备好了吗?"卓拉问道。

"一切都准备好了,"兹弗里回应道,"我们明早出发,你现在说一下,我去欧帕期间发生了什么。为什么阿拉伯人离开,为什么你也一起走了?"

"你让阿布·巴特留下看守营地,他非常愤恨,阿拉伯人觉得这有辱他们的勇气。没有我,他们照样会背叛你。你离开的第二天,营地里出现了一个陌生女人,是非常漂亮的白种女人,来自欧帕。阿布·巴特想趁机大赚一笔,于是俘虏了我们,意图在回国的路上把我们卖了。"

"世上的老实人已经灭绝了吗?"兹弗里问道。

"恐怕是。"卓拉回应道,兹弗里闷闷不乐,盯着地上看,没有看见她嘴角微微上扬,露出一丝嘲讽。

她又讲了拉如何被达穆克骗走,以及达穆克背叛后,阿布·巴特大发雷霆的事情,还讲了自己逃跑的经过,但没有提起科尔特,因为卓拉要让他相信,被巨猿俘虏前,她一个人在丛林游荡,最后被泰山救出,又承蒙他的关心照顾,还提到每天看守的大象。

"听起来像童话,"兹弗里说道,"其实我也听过很多关于他的事,而且这些事我觉得基本是真实的,这也是我认为他活着会威胁我们的原因。"

"既然我们关着他,他就伤害不了我们,当然,如果你真的爱我,应该对救我性命的人感恩戴德,而不是置他于死地。"

"别说了,"兹弗里说道,"我说了不会杀他。"虽然他口口声声向卓拉声称会遵守承诺,但他内心狡诈,心里正制定着毁灭泰山的计划。

Chapter 15

"杀呀,大象,杀呀!"

第二天清早,远征队从营地鱼贯而出,黑人士兵穿着法国殖民军队的服装,排成列队,兹弗里、罗梅罗、伊维奇和莫里则穿着法国军官的服装。卓拉也跟在队伍里,虽然她提出要留下照顾泰山,但是兹弗里不同意,一刻也不让她离开自己的视线。多斯凯和几个黑人留下来看守泰山,并照看大本营大量的食物和装备。

当队伍准备出发时,兹弗里给多斯凯下达最后的命令。"这件事全权交由你处理,"他说道,"到时就说他逃跑了,最糟就说他意外死亡。"

"同志,这件事你不用操心,"多斯凯回应道,"在你回来前,他就会被处理掉。"

这会是艰难的长途行军。他们将在野蛮荒芜、崎岖不平的地区行军五百英里,穿过东南地区的阿比西尼亚,进入意属索马里兰。

兹弗里只想在意大利殖民地示个威,激起意大利人民的愤怒,对抗法国，顺便给了法西斯独裁者相应的借口。意大利征服欧洲这一疯狂的梦想的实现，他就可以拭目以待了。

兹弗里或许有点疯狂，但也是一名疯狂的信徒，这类人对权力的贪婪扭曲了自己的判断，无法辨别什么是理性什么是怪诞。而且他对君主的地位梦寐已久，眼里只有目标，对那些不可逾越的困难，视而不见。他幻想着新任罗马皇帝统治欧洲，又幻想着自己成为非洲统治者，和欧洲势力联合，共同对抗世界其他力量。他幻想着两个金碧辉煌的王座，一个坐着彼得一世，另一个坐着卓拉王后，兹弗里在东行漫长艰苦的路途中，一直浮想联翩。

泰山被击中的第二天早上，恢复了意识，感觉身体难受虚弱，头疼得厉害。

当他试图移动时，才发现手脚被牢牢绑住。他不清楚发生了什么，起初也想不出自己在哪儿，后来又一点点地记起，看见了帆布帐篷，明白了自己不知怎么的，就被敌人抓了。他试图挣开手腕的绳子，却无法挣脱。

他全神贯注地听着，嗅着空气的味道。他把卓拉送回来的时候，营地里有大批的人，可现在觉察不到。他从帐篷缝隙看到外面有影子，此时烈日当头，而之前看见太阳时是夕阳西下，说明至少过去了一个晚上。他听到外面有说话的声音，意识到这里还有其他人，但是人并不多。

泰山突然听到丛林深处传来大象的吼叫声，之后又听到远处传来微弱的狮吼声。他又奋力试图挣断手上的绳子，但绳子绑得非常紧，难以挣断。然后他转过头，面对着帐篷入口，嘴里突然发出一阵又长又低沉的喊声——这是野兽遇险时发出的求救声。

多斯凯懒洋洋地坐在帐篷前，听到声音，跳了起来。交谈甚欢的黑人们顿时安静下来，纷纷拿起武器。

"这是什么声音？"多斯凯质问他的黑奴。

黑奴摇了摇头，他的眼睛睁大，吓得浑身发抖。"老爷，我不知道，"他说道，"关在帐篷里的人或许死了，这声音可能是鬼魂发出的。"

"胡说八道，"多斯凯说道，"走，我们去看看。"但黑人犹豫不前，于是多斯凯独自过去看。

显然，声音是从俘虏的帐篷里传出的，多斯凯也受到影响，吓得头皮发麻。他有种不祥的预感，离帐篷越近，走得越慢，手里握好了手枪。

他走进帐篷，看见泰山睁开眼睛，躺在原地。当他们四目相对时，多斯凯感觉自己是在和一只被困的野兽对视。

"很好，"多斯凯说道，"你醒过来了，对吧？你想怎么样？"泰山对他的话无动于衷，眼睛一直盯着他。泰山一眼不眨地盯着多斯凯，他感到极其不安。"你最好乖乖说话，"他粗声粗气地说，"你要知道这对你有利。"他突然想到，泰山或许听不懂他说的话，然后转身走向入口，叫来一些黑人。他们朝这里走来，又好奇、又害怕。"一个人先进来。"多斯凯说道。

一开始没人听从命令，不久一个高大强壮的士兵走上前。"看一下这家伙能否听懂你的语言。进来告诉他，我向他提个建议，他最好接受。"

"如果他真的是人猿泰山，"这个黑人说道，"应该能听懂。"他小心谨慎地走进帐篷。

黑人用自己的方言，把多斯凯的话重复了一遍，但泰山并没有表现出听懂的样子。

多斯凯不胜其烦，"你这个该死的猿人，"他说道，"不要跟我装傻，我很清楚你听懂了他的话，我还知道，你是英国人，你懂英语。

我给你五分钟的时间考虑,我再过来,到时候你还没决定开口的话,后果自负。"然后他转身出去了。

小奇玛走了很远的路程,它脖子上套着一条结实的皮带,挂着一个小皮包,里面装着信件,最后将消息带给了穆维罗——瓦兹瑞的战争首领。瓦兹瑞部队启程,开始长途行军,小奇玛站在他的肩上,得意扬扬。小奇玛和瓦兹瑞的黑人士兵待在一起,相处了一段时间不愿离开,但或许是心意不定、反复无常,又或许出于无法抗拒的强烈欲望,最终还是出发了,离开他们去执行任务,独自面对它最害怕的危险。

小奇玛在偌大的树林间摇荡时,多次被其他动物追赶,也总侥幸逃脱。要是它能抵住诱惑,也就不会遇到危险。但小奇玛做不到,它总戏弄经过的其他动物,给自己惹上麻烦,凡是具有幽默感的动物,大多无法理解小奇玛的玩笑。小奇玛永远记得它的知己——丛林之王泰山,但当它嘲笑辱骂其他不太受欢迎的猴子时,似乎经常忘记泰山不在身边,无法保护它。小奇玛能死里逃生,充分说明它靠的是惊人的逃跑速度,而非智慧和胆量。大部分时间,小奇玛都在惊慌逃跑,内心痛苦,发出刺耳的尖叫。可它从不吸取教训,惊险地逃脱一个追赶者的追杀后,又开始进行言语攻击,惹怒下一个遇到的动物,尤其是身形比它庞大强壮的动物。

它一会儿往这儿逃,一会儿往那儿逃,结果花的时间比所需的多得多。若非如此,在泰山每次急需朋友出现的情况下,它都能及时赶去为他效力,或许就像以前一样,它也需要这样的朋友。

现在小奇玛正拼命逃离一只老狒狒的追赶。之前它用木棍不偏不倚地砸中了它。而遥远的另一边,它的主人正无助地躺在帐篷里。此时多斯凯向帐篷走去,五分钟过去了,只有他一个人过来,进帐前,他心里简单地制定好了行动计划。

泰山似乎对多斯凯讲的话听得很专心,他的表情发生了变化。当多斯凯准备听他说时,泰山一句话都没说,此时多斯凯的听力派不上任何用场,可泰山对多斯凯透露出来的信息可是相当满意。

"现在,"多斯凯说道,"我给你最后一次机会。兹弗里同志带领队伍,去了两次欧帕,寻找贮藏在那儿的黄金,但两次都失败了。众所周知,你知道欧帕宝藏墓穴的位置,只有你能带我们去。你同意的话,等他回来后,你不仅毫发无损,只要他觉得放你走对我们没有威胁,还会尽快还你自由。如果拒绝的话,只有死路一条。"他从腰带上的剑鞘拔出一把细长的短剑。

"如果你不回答我,我就默认你拒绝我的提议。"泰山仍面无表情,一声不吭,多斯凯握着锋利的短剑靠近他。"猿人,好好想想吧,"他说道,"要记住我可是会悄无声息在你的肋骨间,划开一个口,然后刺穿你的心脏,直到血流干为止,然后再把剑拔出,缝合伤口。当天晚些时候,会有人发现你已经死了,我会告诉黑人,你是意外死于枪击,你的朋友们就永远不知道真相,不会有人为你报仇,你将徒然死去。"他停下来,等待泰山回应,眼睛闪着邪恶的光芒,胁迫地盯着泰山灰色冷淡的眼睛。

他拿着匕首离泰山近在咫尺。突然泰山像一只野兽般,跳了起来,嘴巴像钢夹一样咬住多斯凯的手腕。多斯凯痛得尖叫一声,连忙往后退,匕首从他无力的手中掉落下来,泰山立刻用腿一扫,把他撂倒,多斯凯翻了个身后,被泰山压在下面。

多斯凯腕骨被咬,发出"咔嚓"一声。泰山知道他右手已废,于是松开他的手。令多斯凯惊恐不已的是,泰山犹如陷入绝境的野兽般,又试图去咬他的颈静脉,同时持续发出咆哮声。

多斯凯尖叫着向手下求救,试图用左手去拿放在右胯的手枪,很快发现只有将泰山挣脱开才能拿到,否则徒劳无用。

他听见手下向这里跑来的声音，同时听见他们的呼喊声，随即又听到他们惊恐的尖叫声。这时头顶的帐篷一瞬间消失不见了，他看见面前站着一头巨型大象和敌人。

泰山不再设法咬他的喉咙，迅速从他身上翻下来，同时，多斯凯立刻用手去拿手枪。

"杀呀，大象！"泰山叫喊道，"大象！"

大象用弯曲的鼻子包裹住多斯凯，它的小眼睛闪着愤怒的光芒，将他高举过头顶，同时发出尖厉的吼叫，然后转身用力把他抛出去。黑人们受到惊吓，害怕得回头瞥了几眼，跑进了丛林。接着大象不停地攻击多斯凯，用巨大的象牙顶撞他，狂怒地发出长而尖锐的吼声，不停地踩着他的身体，直到他最后变得血肉模糊。

从大象抓住多斯凯的那一刻起，泰山试图平息它狂怒的情绪，但都不起作用，大象对泰山的命令置若罔闻，它要为多斯凯袭击它的朋友进行报复，直到发泄完怒火才肯罢休。

愤怒消耗了大象的力气，也没其他东西可以让它泄气，于是安静地回到泰山身边。泰山对大象说了一句话，随即它就用有力的鼻子轻轻地将他举起，走进了森林。

大象带着泰山，走到丛林深处、隐秘的空地上，轻轻地把他放在树荫下面的软草地，待在他旁边，守卫着他。大象刚刚参与了杀戮，此时情绪异常激动，同时为泰山感到担忧，因而神经紧张，焦躁不安。它竖起耳朵站着，警惕地听着声音，前后晃动灵敏的鼻子，感受四周气流的气味，寻找潜在危险。

伤口的疼痛给泰山带来的痛苦远小于口渴的难受。

一群猴子在树上看着他，泰山对猴子说："小猴子，过来，帮我解开手上的皮带。"

"我们害怕。"一只老猴子说。

"我是人猿泰山,"泰山抚慰地说道,"永远是你们的朋友,不会伤害你们。"

"我们害怕,"老猴子又说了一遍,"你抛下了我们,好几个月都不在,其间有别的黑人和外来的白人闯入,他们用雷棍捕杀小猴子。如果泰山还是我们的朋友,一定会把他们统统赶走。"

"当时我在这儿的话,绝不会让他们得逞,"泰山说道,"我仍会保护你们。现在我回来了,只有把手上的皮带解开,才能把他们摧毁,将他们赶出森林。"

"谁绑住了你?"猴子问。

"外来的白人干的。"泰山回应道。

"那他们一定比你还强大。"猴子说道,"给你松绑,对我们有什么好处?要是他们发现我们帮你解开绳子,一定会大发雷霆,把我们统统杀了。你是丛林之王,应该能自我解救。"

向它们求救徒劳无用,泰山见希望渺茫,发出一阵冗长、悲伤、可怕的呼喊声,这是猿猴的呼救声。呼喊声逐渐增强,最后变成凄厉的尖叫,声音在寂静的森林里传向四面八方。

四处的大小野兽,它们灵敏的耳朵听到这奇怪的声音,无不停驻倾听。它们并不害怕,因为它们知道,这是猿猴陷入困境时发出的求助声,对它们毫无威胁。而豺狼听到声音,认为有猎物可捕,于是急匆匆地朝声音传来的方向跑去。鬣狗放轻脚步,悄悄潜行,希望轻易抓到无助的猎物。而远处的一只小猴子听到微弱的呼喊,立刻认出了呼救者的声音,于是飞快地在丛林奔跑,一心想着赶过去,它目标坚定,不容任何打断,这种情况在它身上发生实属难得。

泰山让大象去河边给他取水。他闻到远处有豺狼的气味,以及鬣狗难闻的味道,希望大象在它们过来前回来。

他毫不畏惧，只是本能有自我保护的冲动。泰山对豺狼根本不屑一顾。豺狼胆小怯弱，虽然泰山的手脚被绑住了，但仍能把它赶走。但鬣狗和豺狼不同，一旦这个卑劣的畜生觉察到他处于无助的境地，鬣狗那有力的嘴巴能迅速将他解决。泰山知道鬣狗是残忍凶猛的野兽，丛林中没有哪只野兽比鬣狗更加危险。

先来的是豺狼。它们站在空地边缘看着他，然后环绕着他，慢慢走近。可当泰山坐起来时，豺狼发出嚎叫声，拔腿就跑。它们尝试了三次，试图鼓足勇气，发起袭击。这时一只可怕潜行的动物，出现在空地旁，豺狼立刻撤退到安全地带。鬣狗来了。

泰山一直保持坐着的姿势，鬣狗在一旁盯着他，它既好奇又害怕。突然鬣狗发出吼叫，泰山也冲它咆哮，这时他们头顶上传来唧唧的声音，泰山抬头一看，小奇玛在树枝上手舞足蹈。

"小奇玛，快下来，"泰山大喊道，"解开我手上的绳子。"

"鬣狗！鬣狗！"小奇玛大叫起来，"我害怕鬣狗。"

"你现在下来，"泰山说道，"就会没事，如果时间拖太长，鬣狗会杀了我，之后会有谁去保护你呢？"

"我现在下来。"小奇玛大喊道，从树上迅速跳下来，落在泰山肩上。

鬣狗露出长而尖利的獠牙，发出可怕的笑声。"快，解开绳子，小奇玛。"泰山催促道。小奇玛正要替他解开皮绳，它吓得手直发抖。

鬣狗低下丑陋的脑袋，蓄势袭击他。这时泰山深吸一口气，顿时发出雷鸣般的咆哮，这一吼或许能缓和小奇玛的恐惧。鬣狗吓得发出一声嚎叫，转身灰溜溜地逃到空地最边缘，它毛发竖立，站在那儿不停地吼叫。

"快啊，小奇玛，"泰山说道，"鬣狗不会罢休的，它还会过来的，也许一次，也许两次，也许来很多次，最后总会觉察到我无力反抗，就不会止步不前，也不会退缩了。"

"可我的手指出问题了，"小奇玛说道，"手指无力颤抖，解不开绳结。"

"你有锋利的牙齿，"泰山提醒它，"为什么要用无力的手去解绳，而且还解不开，这不是浪费时间吗？可以用锋利的牙齿咬开。"

于是它立刻用牙齿咬绳子。小奇玛嘴里咬着绳子，说不了话。它奋力咬着绳子，丝毫没有松懈。

同时，鬣狗往前冲了两回，只前进了小段距离，每回只走近一点点，但只要泰山发出可怕的咆哮声，它都会吓得退回去。很快泰山的咆哮声引起了丛林其他动物的注意。

一群猴子在树顶上，一边发出"唧唧"的尖叫声，一边喋喋不休地斥责，远处传来狮子发出闷雷般的咆哮声，河边传来大象尖厉的吼叫声。

小奇玛拼命咬着绳子，这时鬣狗再次发起攻击。显然这次泰山无计可施，眼看鬣狗咆哮一声，扑向泰山，向他咬去。

泰山结实的肌肉突然鼓起，小奇玛被推倒在地，泰山试图挣开绳子。鬣狗流着口水，对他造成死亡的威胁。小奇玛锋利的牙齿咬断了部分皮绳，泰山使出浑身解数，将绳子绷断。

当鬣狗扑向他的喉咙时，泰山把手一伸，掐住了它的脖子，鬣狗沉重的身体将它自己拖倒在地上，在地上扭动挣扎，挥动爪子，想从他致命的手里挣脱出来，但都徒劳无用。泰山钢铁般的手指紧紧地掐着它的脖子，丝毫没有松开。最后鬣狗大口喘着气，无助地倒在泰山身上。

泰山把手松开，这时鬣狗已经死了。泰山确定它死后，把它的尸体用力扔出去，然后坐起来，迅速解开脚踝上的皮绳。

在泰山短暂的战斗期间，小奇玛躲在树的最顶端，在树上跳来跳去，冲下面对战的两只野兽疯狂尖叫，直到确定鬣狗已经死了，才敢下来。小奇玛小心翼翼地靠近尸体，唯恐鬣狗还没死，经过一番仔细查看，确定它已经死后，冲上去，凶狠不停地攻击它，然后又跳到尸体上，尖叫着藐视世界，好像为自己战胜了凶恶的敌人而洋洋得意，虚张声势。

大象听到泰山的呼喊，吓了一跳，没来得及取水，立刻转身往回走。它对弯曲的小路视若无睹，一路疯狂地奔走，途经的树木接连被折断。大象径直朝着空地奔去，响应泰山的召唤。大象听到打斗的声音，异常愤怒，在盛怒和复仇的驱使下，冲进了空地。

大象视力不好，拼命向前冲，而泰山躺在它的正前方，似乎就要被它从身上踩过去了。但当泰山和大象说了什么，它立刻停在旁边，在原地走了一圈，竖起耳朵，抬起鼻子。当它搜寻到威胁泰山生命的动物时，发出了一阵吼声，以示警告。

"大象，安静，这是鬣狗，它已经死了。"泰山说道。当大象的目光最后落在鬣狗尸体上时，它冲过去，不停地踩踏，直到尸体变成血肉模糊的一团。这时小奇玛吓得爬到树上，"唧唧"地尖叫着。

泰山解开脚绳，站起来。当大象对鬣狗尸体发泄完愤怒，泰山将它喊到身边。大象安静地走到他身边，用鼻子触摸他的身体，在泰山的安抚下，它的怒火渐渐平息，紧张的神经也逐渐得到缓和。

此时小奇玛灵活一跳，摇荡着树枝，跳到大象的背上，又跳到泰山背上，抱住他的脖子，和它亲爱的主人——它的神，紧紧地脸贴着脸。

就这样，他们静默地站在那儿。他们交流感情的方式，也只有野兽才懂。夕阳西下，夕阳的余晖将影子渐渐拉长。

Chapter 16

"回头!"

　　科尔特遭受的磨难使他身心俱疲,身体虚弱程度远超出想象,在元气恢复之前,他一直高烧不退。

　　拉精通古欧帕知识,不仅熟知各种树根和草本植物的医药特性,还擅长运用奇幻咒语,驱散病人身体的病魔。白天,她采集、播种,到了晚上,她坐在科尔特脚旁,嘴里念着古怪的咒语。

　　这得追溯到很久很久以前,那时海水翻滚咆哮,侵袭附近的神庙。遭受海水常年的侵蚀,现在神庙已经消失无影。当她竭力驱赶科尔特体内的病魔时,狮子正蓄势捕食,不管多远,只要瞄准猎物,总能成功,然后把猎物带回洞穴:拉照顾科尔特的地方。

　　科尔特连续几天高烧不退,神志不清,偶尔才有片刻清醒。他的脑子迷迷糊糊的,一会儿把拉认成卓拉,一会儿当她是天堂来的天使,一会儿又把她认成红十字会的护士。但不管把拉当作谁,对他而言,拉都是一个好人。有时拉不得不离开他一会儿,对此,科尔特会心情沮丧，失落不已。

无论是太阳初升、烈日当空还是日落时分，拉都会跪在科尔特脚边祈祷，这已成为她每日的习惯。她反复唱着奇怪的歌曲，哼着怪异的歌谣，同时摆弄着奇怪的手势，这些都是仪式的一部分。但科尔特明白，自己病得更重了，又变得神志不清了。

就这样几天又过去了。科尔特无助地躺在床上时，兹弗里正向意属索马里兰进军。泰山从枪伤中恢复过来，走在远征队经过的平坦的小路上，小奇玛趴在他的肩膀上，从早到晚叽叽喳喳，吵个不停。

泰山将营地几个吓坏了的黑人抛在了脑后。多斯凯被杀，他的俘虏也纷纷逃走。一周后，这几个黑人吃完早餐，懒洋洋地躺在树荫下，一开始，他们非常害怕这个行动自由的人猿，第一次见他时被吓得不轻，但到后来，变得没那么害怕了。他们在心理上和丛林野兽相似，很快就忘记了恐惧，也不再担心以后会被攻击，但文明社会的人却有这样愚蠢的习惯。

一天清晨，一只丛林野兽悄然潜行，虽然它体型庞大，但他们没有听到任何声音，发生的这件事让他们猝不及防，震惊不已。

突然，在营地边的空地里，出现一只巨象。大象头上坐着它的驯服者，他告诉黑人，自己就是泰山。他的肩膀上趴着一只小猴子。黑人们惊恐地大喊大叫，拔腿就跑，冲向营地对面的灌木丛去了。

泰山轻轻地往地上一跃，走进多斯凯的帐篷，他回到这里，目标明确，并顺利找到要拿回的东西。他在俄罗斯人的帐篷中找到了自己的绳索和猎刀，这些东西曾在他受俘时被缴，至于那些弓、箭、长矛，他在黑人的帐子里找到了。东西都已找回，随即他悄悄地离开了，正如他来时一样，无人发觉。

现在，泰山是时候立刻出发跟踪敌人，并让大象留在它最爱的安静的小路上。

"丹托，我要去搜寻树木初长、枝干细嫩的森林，好好提防那些人类，他们是世界上所有生物的敌人。"泰山说罢，穿过树林离开了，小奇玛紧紧地挂在他古铜肤色的脖子上。

泰山看到兹弗里部队，组着弯曲的队列，走在平原上。但他没必要跟着他们。几周前，泰山对他们的营地严监密守时，听到了首领们讨论的计划，他清楚他们的目标，也了解他们的行军速度，所以也知道在哪个地方有望赶上队伍。他没有累赘，不像远征队还带着几个纵列的搬运工，他们搬着沉重的箱子，流汗不止，而且他也不用走蜿蜒的小路，所以他的行进速度能比军队快上好几倍。当泰山笔直地朝着远在列队前面的目标前进时，只有当前行路线碰巧和列队的路线相交时，才能看见他们的队伍。

泰山赶上军队时，夜幕已降临。那些疲惫的士兵们扎营住下，补充粮水后，他们心情愉悦，很多人唱起歌来。不知情的人可能误以为这是法国殖民军队的营地，因为他们的篝火、临时住所，以及军官的帐篷都是按照军队标准配置的，而打猎或者科学探险是不可能会用这么正式的装备的。

此外，哨兵在巡视，他们着装统一，步伐一致。这些都是罗梅罗的成果，他有着丰富的军事学识，兹弗里不得不听命于他，表面虽然听从，但心底，他们互相憎恶对方。

泰山藏在树上，默默观察下面的情况，他尽可能准确地估计这支军队的实际作战人数，而小奇玛则肩负着另一项神秘的任务。它敏捷地在林间摇荡，朝着东边前进。泰山发现，兹弗里招募了一群新兵，他们可能会威胁非洲的安宁，因为这些人大多来自善战的部落，他们极其信任这个疯狂的首领，对他唯命是从，愿意帮助他实现最初的阴谋。人猿泰山为了防止这件事情发生，努力调查兹弗里的行动，他有机会打碎兹弗里当上君主的美梦，毕竟这还只是他的美梦。只要用一些雕虫小技，或是丛林中惯用的可怕方法，这个美梦就很可能被击破，因为泰山非常擅长丛林行动。

泰山拉开弓箭，他的右手缓慢地将带羽毛的轴端往后拉，直到箭头触及他的左手拇指。他看起来镇定自若，毫不费力，虽然看似没有固定的目标，但当松开弓弦时，弓箭精准无误地射进哨兵的大腿内侧，而他正是泰山射击的目标。

这个黑人哨兵一声大叫，倒在地上，又惊又痛，然而比起伤痛，他感到更加惊恐。他的同伙听见喊声，赶忙围到他身旁，这时泰山消失在丛林的夜幕中。

哨兵的尖叫引起兹弗里、罗梅罗以及其他首领的注意，他们从各自的帐篷赶过来，凑到这群震惊的黑人身旁，他们围着这个被泰山袭击的哨兵。

兹弗里看到扎在哨兵腿上的弓箭，问道："谁干的？"

"我不知道。"哨兵回答道。

"军营里有想置你于死地的仇敌吗？"兹弗里接着问道。

这时，罗梅罗说："就算他有仇敌，那人也不可能拿弓箭刺杀他，因为我们军队里根本没有弓箭。"

"我竟没想到这一点。"兹弗里说道。

因此，罗梅罗断定："一定是外人干的。"

伊维奇和罗梅罗竭力切断哨兵腿上的弓箭，哨兵疼得直嚷嚷，兹弗里和基特伯则在讨论这件怪事，他们对事情的发生产生了各种猜想。

兹弗里说："显然，我们招来了当地人的报复。"

基特伯不置可否地耸耸肩，对罗梅罗说："我来看看这支箭，

"回头！" | 183

也许能看出些什么。"

罗梅罗把箭递给基特伯,他借着火光,细细地端详,其余的白人围在他身旁,等着基特伯说出自己的发现。

终于,基特伯抬起头,他表情严肃,说话时声音有些颤抖,一边摇着他那尖尖的脑袋,一边说:"这不是一个好兆头。"

兹弗里问:"什么意思?"

基特伯回答道:"这是那个留在大本营的士兵的箭,上面有记号。"

兹弗里大叫道:"这不可能。"

基特伯耸了耸肩,说:"我也不敢相信,但事实确实如此。"

"弓箭凭空出现,可那个印度人已经死了。"一个站在基特伯身旁的黑人首领说道。

"闭嘴,蠢货!"罗梅罗不高兴地骂道,"你这样说会让全军陷入恐惧。"

兹弗里也说:"没错,我们必须把这件事压下去。"他转身对黑人首领说,"你和基特伯,决不能把这事透露出去,只能我们几个知道。"他们都同意保守秘密,但是,不到半小时,营地所有人都知道了:有个哨兵被落在大本营的箭刺伤了。因此,他们也对前行路上可能会遇到的其他事情,做足了心理准备。

在接下来几天的行程中,这件事情给黑人士兵带来的心理阴影显而易见。他们的话变少了,经常陷入沉思。他们也经常窃窃私语,白天看起来有些紧张,天黑之后更是忧虑不堪。哨兵们巡逻时,警惕不安地听着营地周围传来的声音,可见他们是多么地担惊受怕。他们大多数人和敌人正面交战时,表现得英勇无比。但是在超自然力量面前,即使有胆量拿着步枪冲锋陷阵,也只是死路一条,无济于事。他们感觉四周有一双幽灵似的眼睛在盯着自己，这使得整支队伍士气低落，仿佛遭到了袭击，事实上，后果要严重得多。

然而，他们大可不必如此担心自己的安危，因为造成这件所谓的"灵异事件"的人此时在丛林里迅速前行，距离他们上百里，每一刻，他们之间的距离都在拉长。

如果他们知道有另一股力量靠近，他们会更加焦虑不安。这支队伍此时走在离他们很远的小道上，他们要到达目的地，必须横穿这条小道。

上百个黑人士兵蹲在一小堆炊火旁，他们一动，头上装饰用的羽毛就会前后左右摆动，周围有哨兵保护着他们，这些哨兵一点儿也不害怕，他们既不怕幽灵，也不怕恶魂。他们在脖子上戴了一个皮革小袋子，袋子里装着护身符，他们向奇奇怪怪的神明祈祷，但在他们的内心深处却对此深深鄙夷。无论根据经验，还是他们首领的劝告，要想获得最终的胜利，比起神明的庇佑，他们更相信武器的作用。

这个队伍都是经验丰富的士兵，他们情绪激昂，心情愉悦，像其他老兵一样，也善于利用一切休息和放松的时机，一直保持积极乐观的心情，极大地提高了休息的效率。他们经常哈哈大笑，通常，带来快乐的是一只小猴子，它时而戏弄他们，时而抚摸他们，同样他们也回以逗弄和爱抚。

显而易见，小奇玛和这些四肢健壮的黑人们建立起了深厚的情谊。黑人们拉它的小尾巴时，从不用力弄疼它，当它发怒扑向他们，用尖锐的牙齿咬住他们的拇指和手臂时，也从来不会咬出血来。他们之间的游戏很粗俗，因为他们就是粗俗的原始生物，但他们总能玩到一起去，因为他们之间建立起了深厚的情谊。

这群人刚刚吃过晚餐，这时一个身影仿佛凭空而出，身轻如燕，从遮掩营地的树杈间跳到他们中间。

上百个士兵立刻拿起武器，很快他们绷紧的神经放松下来，大喊："老爷！老爷！"一个古铜皮肤、身材高大的人默不作声，站在他们中间，士兵们立刻跑向他。

他们像对待皇帝，或是上帝一样跪在他的脚下。在他身旁的则带着敬意抚摸他的双手和双脚。人猿泰山就是他们的王，甚至可以说超出了王，他们发自内心地将他视为在世的神。

士兵们见到他开心不已，小奇玛更是高兴得发疯，它迅速越过那些跪着的黑人，跳到泰山的肩膀上，把自己挂在泰山的脖子上，激动地"叽叽喳喳"叫起来。

"孩子们，你们做得很好，"泰山说道，"小奇玛也做得很棒，它把消息传达给你们，你们也按计划到达了我安排的地点。"

"老爷，我们始终和外来人保持着相距一天的行军进程，"穆维罗回答说，"避开了他们的必经之地，以防他们发现我们新的营地而生疑。"

"他们没有觉察到你们，"泰山说，"昨天夜里，我在他们的帐篷上方，听着他们的动静，从他们的话中，知道他们并没有怀疑前方还有另一支部队。"

"我们走过的地方土质松软，怕留下脚印，我们部队最后一名士兵用树叶扫除了痕迹。"穆维罗解释说。

"明天，我们就在这里等他们，"泰山说，"今晚，你们在这儿听从我的安排，之后照我说的去做。"

第二天清晨，兹弗里统领的部队走在前面，一夜休整，相安无事，全军士气恢复高涨。黑人们没有忘记前一天晚上，营地周围传来突如其来、可怕的声音，但他们是那种能迅速恢复士气的种族。

远征队的首领们以为行军已完成全程的三分之一,他们急于完成行军,各自心怀鬼胎。兹弗里认为计划一旦实现,自己的君主梦也就不远。伊维奇则天生是个不怀好意的人,他无比盼望军队到达目的地后,给当地人民带来无穷无尽的苦难,同时,他也妄想自己能够以英雄的姿态回归俄国,也许还能发一笔横财。

而罗梅罗和莫里盼望行军尽快结束,他们的意图则完全不同。他们都极度厌恶兹弗里,质疑他的诚心,觉得他自以为是,一心想着以后的荣华富贵,而且还夸夸其谈,这些足以让罗梅罗感觉他在伪装所谓的善意。他为了一己私利,欺骗愚弄其他人,不惜以世界和平和繁荣为代价,不择手段。罗梅罗很轻易就让莫里相信,自己的判断就是事实真相。现在他们的幻想完全破灭,继续指挥行军,他们知道,只有稳定军心,才能在队伍再次扎营时顺利离职。

自从离开上一个营地后,军队已经持续行军一小时了。这时,走在队伍前面的基特伯的侦察兵突然停了下来。

"看。"他对站在身后的基特伯说。

基特伯走到哨兵身旁,在他面前的路旁,一支箭直直地插在土里。

"这是在给我们警告。"哨兵说。

基特伯小心翼翼地走上前去,猛地抽出土里的这支箭,细细端详着它,虽说震惊不已,却也为自己的发现暗自高兴,一点都不感到惊讶。这时,站在他身边的士兵也看见了,说道:"一模一样,这是大本营里遗留下来的另一支箭。"

兹弗里赶上他们时,基特伯递给他这支箭,并对他说:"跟之前一样的箭,这是在警告我们返回。"

"呸!"兹弗里轻蔑地大叫道,"这只是一只插在土里的弓箭而已,难道能阻拦一只武装队伍吗?没想到你基特伯也是一个懦夫。"

基特伯满面愁容,他怒吼道:"但凡有安全意识的人都不会说我是懦夫,我也不傻,我比你更清楚森林里的危险信号。我们无所畏惧,可以继续向前,但很多人可能永远都回不来,你的计划也可能失败。"

听到这些,兹弗里像往常一样大怒,尽管队伍继续前进,士兵们都闷闷不乐,许多人都愤怒地瞪着兹弗里和他的中尉。

午后不久,队伍停下午休,他们刚刚穿过树木繁茂的森林,心情阴郁,沮丧不已。士兵们蹲在小树桩旁,吞食残羹冷炙作为他们的午饭,没人唱歌,也没人欢笑,甚至都没人说话。

突然,他们头顶上传来一个声音,怪异又可怕,这个声音是班图方言,大多数士兵都能听懂:"回头吧,孩子们,在你们送命前回头,现在抛弃这些白人还不晚。"

话只有这么多,听罢,这些士兵害怕地蹲在地上,他们抬头望向树木。这时,兹弗里开口了:"这到底是什么鬼把戏,到底在说什么?"

基特伯说:"它警告我们让我们回去。"

"不可能回头。"兹弗里怒吼。

基特伯说:"我不明白。"

兹弗里大声说:"你不是想当国王吗?你究竟还想不想当?"

刹那间,基特伯想起几个月来兹弗里承诺给他的丰厚奖赏——当上肯尼亚国王,的确值得为之冒险。

"我们继续前进吧。"他说道。

兹弗里说:"使用武力,不要手软,无论如何,我们必须向前。"他接着对上尉说道,"罗梅罗,你和莫里去队伍的后面,谁不愿意向前就杀了谁。"

这两个人还没来得及拒绝这一命令，首领就下令继续前进。他们闷闷不乐地走到队伍末尾，行军大概一个小时后，传来一阵怪声，这个声音他们曾在欧帕听过。几分钟后，远处又传来一个声音："抛下这些白人，快走吧。"

黑人们窃窃私语，显然问题发酵了，然而基特伯却成功劝说他们继续向前，这方面兹弗里从未做到过。

兹弗里对卓拉说："我们要找出这个捣乱的人，"他们走到队伍前面，"他一旦露面，我就要一枪毙了他，我要他死。"

"他非常清楚这些黑人的想法，"这个女孩说道，"也许是某个部落的巫师，我们闯入了他的领地。"

兹弗里说："希望仅仅如此，那个人显然是土著人，对此，我毫不怀疑。但我怀疑他是受英国人或印度人的指使。这些人借机扰乱军心，拖延我们的时间，好让他们自己积蓄力量与我们抗衡。"

卓拉说："军心明显动摇了，因为他们过于迷信，自然而然将一切怪事——从之前贾法尔离奇死亡到目前发生的一切，都归咎于某种超自然力量。"

兹弗里接着说："对他们来说更严重的是，不管他们愿不愿意，都得往前走，当他们意识到当逃兵就得死，就会突然醒悟，欺骗彼得·兹弗里是很危险的。"

"他们人数众多，"卓拉提醒他说，"我们人寡，而且，你给他们所有人配备了武器。我感觉是你亲手创造了一个弗兰肯斯坦，最后将把我们所有人都毁灭。"

兹弗里咆哮地说："你和那些黑人一样糟糕，小题大做，如果真——"

队伍后面，他们上空又传来警告的声音："抛弃这些白人吧。"士兵们再一次陷入沉默，但在基特伯的鼓动，以及在其他白人军官拿枪威胁的情况下,他们不得不往前走。

森林前面突然出现小块空地,对面的一条小路上长着水牛食用的草,郁郁葱葱,盖过他们的头顶。他们走进去时,前方响起了枪声,随即枪声云起,似乎前方的枪声连成长长的一条线。

兹弗里命令一名黑人保护卓拉,护送她到队伍后方的安全地带,黑人紧紧地跟在卓拉身后,一边寻找罗梅罗,一边大声地鼓动黑人士兵,叫他们不要害怕。

虽然没人受伤,队伍还是停了下来,完全丢了队形。

兹弗里大喊:"快,罗梅罗,去前面领队,我和莫里去后方,防止他们逃跑。"

罗梅罗从他身边狂奔而过,在伊维奇和其他黑人首领的协助下,他将队伍部署成长长的战斗队形,他带着队伍缓缓向前,基特伯领导剩下的半路士兵作掩护,让伊维奇、莫里以及兹弗里领导其余的士兵作替补。

几声枪响后,突然熄火,安静了下来,这让本来神经紧张的黑人士兵们感到更加不安。敌人没有了动静,前面的草丛里没有任何声响,黑人耳边一直萦绕着可怕的警告声,他们认为处境还没到致命的地步。

"回头去!"这时前方草地里传来哀怨的声音,"这是最后的警告,违者死路一条。"

队伍躁动起来,为了稳住大家,罗梅罗下达开火的命令,这时,前方草地里也向这边开火,步枪声向这边传来。这时,十多个人倒下,死的死,伤的伤。

"开火!"罗梅罗大叫,但他的士兵并没理睬他,转身往后跑,寻找安全的地方躲避。

看到敌军向这边压倒而来,士兵们一边跑,一边扔武器,掩护的队伍转身逃跑,那些白人也拼命跟着逃跑。

罗梅罗落在了最后,愤愤不已。他没看到敌人,没人追赶,也没有听到枪声,这让他感到非常不安。他一个人迈着沉重的步子,走在最后面。黑人们一直为某种莫名的恐怖感所困扰,罗梅罗此时多少有些感同身受。就算无法感同身受,至少能够对他们表示理解。对于黑人们来说,面对可见的敌人是一回事,但当敌人突然出现,却看不见他在哪儿时,则又是另一回事。对于隐匿敌人的突然出现,他们显得愚昧无知。

罗梅罗重新回到森林后不久,看见有人走在前面。很快等视野清晰时,他看到那个人是卓拉。

罗梅罗喊她,卓拉听到后回过头,在原地等他。

"同志,我以为你被杀了。"她说。

"我可是一个福星,"他一边笑一边说着,"我周围的人一个个都倒下了。兹弗里在哪儿?"

卓拉耸耸肩:"我不知道。"

罗梅罗说道:"可能他在收拾残局。"

"也许。"卓拉简单地回答。

罗梅罗语气轻快地说:"我倒希望他能健步如飞,躲过枪击。"

"他肯定会的。"卓拉回应道。

"你不应该一个人在这儿的。"罗梅罗说道。

"我能照顾好我自己。"卓拉回应道。

"也许吧,但如果你是我的——"

"罗梅罗同志,我不属于任何人。"她冷冰冰地说。

"冒犯了,卓拉,我知道自己说话的方式不对,我只是不想我爱的女孩独自一人在森林里,尤其是当我们身后有敌人的时候,兹弗里一定也是这么想的。"

"罗梅罗,你应该讨厌兹弗里同志的,对吗?"

"卓拉,既然你这么问了,我承认我是不喜欢他。"

"我知道,他得罪了很多人。"

"所有人都反感他——但除了你,卓拉。"

"为什么除了我?为什么你会觉得我不讨厌他呢?"

"我确定至少没有那么讨厌,否则你也不会答应做他的妻子。"他说道。

"你怎么就知道我答应了?"她问道。

"兹弗里同志经常向我们吹嘘。"罗梅罗回应道。

"是吗?"之后她没说其他的话了。

Chapter 17
修复鸿沟

直到最后抵达营地,兹弗里的军队才停止骚动,准确地说应该是部分士兵停止了骚动。因为天黑时,整整四分之一的人不见了,其中包括卓拉和罗梅罗。等后面的人跟上了,兹弗里逐个询问他们有没有看见卓拉,但没人看到她。兹弗里曾想调动一个队伍回头找她,但没人听令。他软硬兼施也无济于事,因为士兵们已经不听他的指挥,恐怕他只能自己回头寻找卓拉了。天黑后,兹弗里刚准备动身,却发现没这必要,因为卓拉和罗梅罗走进了军营。

看到他们,兹弗里松了一口气,同时也很愤怒,他冲卓拉大吼:"你为什么不跟着我?"

"因为我跑得没你快。"她回答说,兹弗里没多说话。

帐篷上方黑压压的树里传来熟悉的警告声:"抛下白人吧!"之后又静默了一段时间,只有黑人在焦虑地窃窃私语,这时声音又响起了,"回到自己的国家去吧,路上没有危险,但若是和白人在一起，等待你们的就只有死亡，脱下军装，把白人留在丛林里，让我来收拾他们。"

一位黑人士兵跳了起来，扯下法国军服，扔进旁边燃烧的火里，其他人立刻纷纷效仿他。

兹弗里大喊："住手！"

基特伯咆哮道："住嘴，白人。"

一个赤裸着上身的巴森伯士兵大喊："杀了白人！"士兵们蜂拥着冲向兹弗里身旁的白人，这时，他们头顶上传来大喊声："白人留给我，让我来处置他们。"

蜂拥而上的士兵突然停下来了，这时，为首的士兵，不知是怨恨还是愤慨，再一次拿起武器冲向白人。

这时他们上方传出弓弦声。那个黑人士兵被箭射中，丢下了武器，拔出插在胸口的箭头时，痛得大叫，然后趴倒在地上。其余的黑人都纷纷离开，只留下白人在那儿，黑人们都聚集在距离军营不远处的小角落里，大多黑人本打算这晚逃跑，但由于害怕漆黑的丛林，以及萦绕在上空的可怕的声音，所以没有离开。

兹弗里愤怒地踱来踱去，咒骂这该死的运气，咒骂黑人不忠，咒骂每一个人，他喋喋不休地说："要是有人帮忙，要是有援助，也不至于如此，可我一个人束手无策。"

"这正是你一手酿成的。"罗梅罗说。

"你什么意思？"兹弗里质问道。

"我的意思是，你自找苦吃，你在全军树敌。尽管如此，如果你足够英勇，他们还是会听令向前，但你自己却是个懦夫，没人愿听令于你。"

"你敢这么说我？你这个该死的家伙。"兹弗里大叫，手里摸着手枪。

罗梅罗厉声说道："得了吧，我不跟你计较，我告诉你，若不是因为卓拉，我立马杀了你，以除掉一只怨气十足的疯狗，免得威胁整个世界。卓拉曾经救了我的命，我无法忘记她的恩情，但她可能爱着你，我暂时放过你。要是威胁到我自己的安危，到时我只能杀了你。"

"你们真是疯了，"卓拉大喊道，"现在我们只有五个人，其余都是一群不听命令的黑人，他们对我们又惧又怕。毫无疑问，他们明天就会跑掉。如果我们还想活着离开非洲，就得团结起来，你们俩放下恩怨，从现在开始，我们要一起团结起来，以求自保。"

"好，为了你，我愿意。"罗梅罗说道。

"卓拉同志说得对。"伊维奇说道。

兹弗里放下拿枪的手，心情郁闷，转身走了。后半夜，虽然军营尚且谈不上气氛愉悦，但至少这个组织混乱的军营此时一片安宁。

第二天早上，白人发现所有的黑人都脱下了法国军装。在附近一棵树上，在层层的叶子里，藏着一双灰色的眼睛，这个人露出严峻的笑容，显然他也注意到了黑人脱下了法国军装。现在没有黑奴为他们服务，甚至他们的贴身侍从也离他们而去，去和自己人会合了。兹弗里企图让他的几个黑奴服侍自己，他们态度恶劣，干脆利落地拒绝了他，所以这五个人只能自己准备早餐。

他们吃饭的时候，基特伯走了过来，身后跟着不同部落的酋长，他们代表各自队伍的所有士兵前来。"我们要带着自己人回国了，"巴森伯首领说，"我们给你们的营地留了一些行军的食物。如果你们要跟我们一起走，我们当中有很多士兵就会把你们杀了，我们可无法阻止。这几个月来鬼魂在你们身边阴魂不散，他们害怕这些亡灵找他们复仇。你们先待在这儿，明天再走，到那时，你们想去哪儿就去哪儿。"

"但是你们不能就这样走了，我们没有搬运工，也没有民工。"兹弗里发自内心地恳求。

"你再也不能命令我们了，白人，"基特伯说道，"你们人寡，我们势众，你们再也不能凌驾于我们之上，你们节节败退，我们不再跟随你们的领导。"

"你不能这么做，基特伯，"兹弗里怒吼，"你们会为此受到惩罚。"

"谁会惩罚我们？"黑人诘问道，"英国人？法国人？还是意大利人？你根本没胆到他们那儿去，因为他们会惩罚你们，而不是我们，你可以向塔法里公爵求助，但一旦他知道你的阴谋，会挖了你的心脏，拿你去喂狗。"

"但你们不能把一个女人丢在这丛林里，没人照顾她，没人搬东西，也没人保护她。"兹弗里接着说。他意识到自己说的前一段话对基特伯根本不起作用，他们的命运现在掌握在基特伯手里。

"我不会丢下她的，"基特伯说，"我会带她走。"直到这时，白人们才发现，这些酋长已将他们团团围住，并且他们身上还带着武器。

基特伯一边说话，一边靠近兹弗里，卓拉站在他身旁，基特伯迅速往前一步，一把拉住卓拉的手腕，说："过来。"他的话音刚落，众人头顶上传来一个声音，突然基特伯胸前中了一支箭。

"别抬头，"头顶的声音传来，"看着地面，否则，抬头者死。按照我说的做，回自己的国家去，把这些白人全部留下，别伤他们，我说了，他们由我来处置。"

黑人首领们瞪大眼睛，全身颤抖，从白人身旁撤回来，留基特伯一个人在地上痛苦地挣扎。黑人们匆忙地穿过营地，回到同伴身边，他们都吓得不轻。

基特伯还在垂死挣扎，其他黑人立刻抓起之前分配好的行李，离开军营，往西边走了。

白人们看着他们离开，各个目瞪口呆，沉默不语，直到他们全走光了，只剩下他们几个才开口。

"那个声音说，我们由他处置，你们觉得是什么意思？"伊维奇问道，他的声音有些沙哑。

"我怎么知道？"兹弗里恼怒地说。

"也许它是一只吃人的魂灵。"罗梅罗苦笑着说。

"它无所不用其极，已经造成了最坏的结果。现在，它暂时可以不用管我们了。"兹弗里说。

"它不是一个恶魂，"卓拉说，"因为它将我从基特伯手中解救下来了。"

"别替它说好话了。"伊维奇说。

"胡说，"罗梅罗开口了，"这个诡异的声音分明是人发出来的，他的目的很明显，就是阻拦我们前进，我认为兹弗里昨天的猜测更加符合事实。他说这是英国人，或者是意大利人搞的鬼，目的是拖延我们的时间，为他们的反击动员足够庞大的力量。"

兹弗里说："这证实了我怀疑了很久的一件事——我们之间不止一个叛徒。"说罢，他意味深长地看着罗梅罗。

"我认为，"罗梅罗反问道，"疯狂、不切实际的想法总是经不起考验。你认为非洲所有黑人都会站在你这边，然后把其他所有外国人驱逐出境？也许你是对的，但实际上，一个人只要稍微了解当地黑人的心理——而这点你恰好不懂，那么你的美梦就会被那个人摧毁，如同泡沫一般。因为世上其他不切实际的理论，都有对应的悖论。"

修复鸿沟 | 197

"你说这种话，简直就是背叛事业。"伊维奇威胁地说道。

"你准备怎么做？"罗梅罗诘问，"我受够了你们，也受够了你那糟糕、自私的计划，你和兹弗里一样，一点儿也不忠诚。而我能向托尼和卓拉保证我不是叛徒。我没有背叛事业，我不会像无赖一样欺骗他们。我被你们骗了，他们也被你们骗了，你们伪装友善，欺骗了无数人。"

兹弗里大喊："你不会是第一个叛徒，你也不会是第一个因背叛，遭受惩罚的叛徒。"

莫里说："现在起这些争执并不妥，我们人少，如果我们自相残杀，恐怕一个都别想活着走出非洲，但你若是杀了罗梅罗，也一定会杀了我，但恐怕你谁也杀不了，因为该死的是你。"

"托尼说得对，"卓拉说道，"在我们回到文明世界前，先消停会儿，暂时和解吧。"于是他们暂时和解了，第二天早晨，他们从后面的小路走向大本营。然而在另一条道路上，泰山和瓦兹瑞士兵抄小道，领先他们一天的路程，赶往欧帕古城。

"也许拉不在欧帕，"泰山对穆维罗说，"但诺亚和杜背叛了拉，我打算惩罚他们。如果拉还活着的话，她还有机会顺利回到欧帕。"

"可我们应该如何处置丛林里那些白人呢，老爷？"穆维罗问道。

"他们逃不掉的，"泰山说，"那些人身体虚弱，而且对丛林不熟悉。他们走得很慢，只要我们愿意，就可以赶上他们。而我现在最担心的就是拉了，因为她是我的朋友，而其他人都是敌人。"

数里开外，泰山心心念念的那个人来到丛林里的一片空地，这块空地是人工开辟的，是专门为一大群人扎营准备的，但现在只有几个黑人，搭建了几个简陋的住所。

科尔特走在拉的旁边，他现在已经完全恢复了，他们后面还跟着狮子。

"我们总算找到营地了,"科尔特说道,"多亏了你。"

"是啊,但这里空无一人,"拉说道,"他们都走了。"

"不,"科尔特说,"我看到帐篷右边有几个黑人。"

"好的,"拉说,"现在我必须走了。"她的声音里带着些许遗憾。

"我讨厌离别,"科尔特说道,"但我知道你的心归属哪里。你是那么善良,为了照顾我,耽误自己回欧帕的时间,我想向你表示我的感激,却不知从何说起,我想你应该明白我的心意。"

"是的,我明白,"拉说道,"我交了一个朋友,这对我来说已经足够了,因为我真的没几个真心的朋友。"

"我希望你能带我一起去欧帕,"科尔特说,"你即将回去面对敌人,也许我的微薄之力能派上用场。"

她摇了摇头说道:"不,我不能带你去,之前我和另一个世界的人建立了友谊,我的人民心里已经对我心生怀疑,充满了敌意。如果我带你回去,让你帮我夺回王位,只会让他们对我更加怀疑。"

"如果我和狮子都做不到,那么我们三个也同样无法成功。"

"至少在剩下的时间里,让我好好招待你吧?虽然招待不会那么周到。"他说道,露出遗憾的笑容。

"不了,我的朋友,"她说道,"我不敢冒失去杰达·保·贾的风险,你也不能让你的黑人朋友处于危险的境地,我担心他们在同一个营地下无法和平相处,再见了,科尔特,我不是一个人离开,我身边有杰达。"

拉知道大本营有条回欧帕的小路,科尔特目送着她离开,他感觉如鲠在喉。这个美丽的女人和那头狮子是美丽、力量、孤独的化身。

他轻轻地叹息一声,走向营地。整个酷热的午后,黑人都躺

修复鸿沟 | 199

在地上睡觉，科尔特走到他们身边，唤醒了他们。黑人们看到科尔特时，非常激动，因为他们同是来自海岸的冒险队员，所以一下子就认出了他。

科尔特失踪了很长时间，他们最终放弃了寻找，所以现在一看到科尔特，他们还感到有点害怕，直到确信他是活生生、有血有肉的人类才放松下来。

自从多斯凯死后，他们就成了无主之人，他们告诉科尔特，自己有多想离开营地，回到自己的国家去。远征队之前在欧帕见到的诡异可怕的场景，一直在他们的脑海里挥之不去，没有白人首领的指挥和保护，他们感觉孤独而无助。拉和狮子穿过欧帕平原，朝破败的城市走去。此时，一个男人站在他们刚刚攀登的悬崖顶上，望向平原，远远地看见了他们。

他带领着数百名士兵涌上陡峭的悬崖。当他们聚到这个身材高大、灰色眼睛的男人身后时，这个男人指向前方，大喊道："拉！"

"还有狮子，"穆维罗说道，"它一直跟着拉，真奇怪，老爷，它居然没有攻击她。"

"它不会攻击拉的，"泰山说，"虽然我不知道为什么，但我相信它不会，因为它是杰达。"

"泰山的眼睛和老鹰的眼睛一样犀利，"穆维罗说，"我只看到了一个女人和一头狮子，而您却认出他们是拉和杰达·保·贾。"

"拉和杰达·保·贾我不用眼睛就可以认出，"泰山说，"用鼻子闻一闻就够了。"

"我鼻子也能起作用，但只能闻到面前鲜肉的味道，其他的什么也闻不到。"穆维罗说道。

泰山笑了笑，说："你还是个孩子，不用依靠鼻子来生活，来饮食吧，你不用像我那样。来吧，孩子们，拉和杰达看到我们会很高兴的。"

狮子敏锐的耳朵捕捉到了后面传来的微弱的声音,停了下来,转过身去,抬起大脑袋,一副庄严的样子。它竖起耳朵,动了动鼻子来刺激嗅觉,随即发出一声怒吼。拉也停下脚步,回头看看是什么让它不高兴了。

拉看到一支军队向这边过来,她的心一沉,对方人多势众,就算杰达,也保护不了她。她想跑到古城去,那样就可以远远地甩开他们,但扫了一眼那破败的古城,它远在山谷的另一边,拉知道这个计划行不通,因为她并没有力气跑那么快,跑那么远去。况且这些黑人士兵肯定训练有素,能轻易追上她。既然如此,她决定向宿命低头,此时狮子低着脑袋,晃动着尾巴,缓缓靠近前来的人,它发出动物可怕的咆哮声,声音撼天动地,它要威吓住这些人,以保护它深爱的女主人。

随着这些人靠近,拉看到为首的那个人肤色较浅,这时,她的心要跳出来了,她认出他来,眼泪夺眶而出。

"是泰山!杰达,是泰山!"她惊呼,她心中对泰山深沉的爱让美丽的外表焕发出夺目的光彩。

同时,狮子也认出了自己的主人,它不再咆哮,不再怒目而视,它的脑袋也不作攻击状了,径直冲到泰山面前去。它就像一只大狗,跳到泰山面前,这可把小奇玛吓了一跳,它从猿人肩膀上一下子跳到穆维罗身上,一边尖叫,因为小奇玛一直认为,狮子就是狮子。狮子趴在泰山的肩膀,舔舐他棕色的脖子。这时,泰山推开它,急匆匆地走到拉面前。而小奇玛这才缓了过来,在穆维罗的肩膀上跳上跳下,用各种话咒骂它,怪它吓到了自己。

"终于!"泰山站在拉面前,高兴地说。

"终于,"女孩重复他的话,"你终于打猎回来了。"

修复鸿沟 | 201

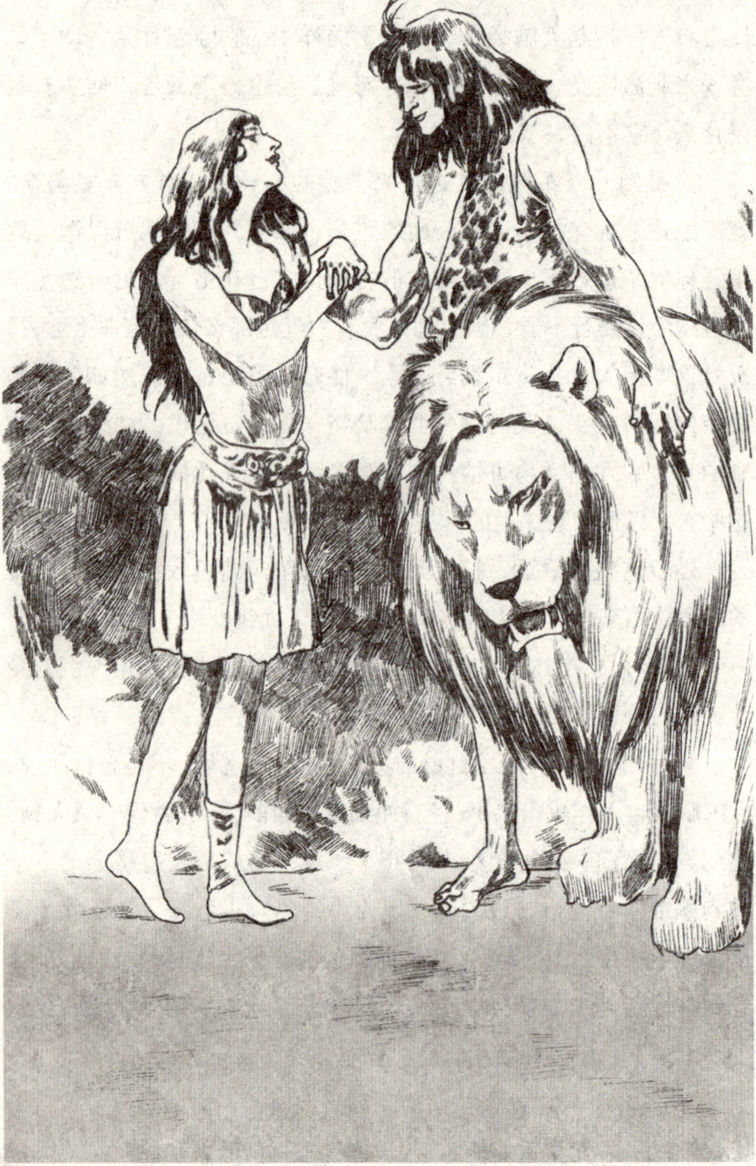

"我当时立马就回来了,"泰山回答她,"但你已经走了。"

"你回来了?"她问道。

"是的,拉,"泰山回答,"为了捕猎,我走了很远的路,最后还是捕到了猎物。但我带回来找你时,你已经离开了,而且你的脚印也被大雨冲得一干二净,我找了你好几天,但还是没找到。"

"如果我知道你会回来,我就该永远待在原地。"拉说道。

"你本该知道我不会就这样离开你的。"泰山说道。

"我很抱歉。"拉回答道。

"你离开后没回过欧帕吧?"他问道。

"我和杰达·保·贾正在回欧帕的路上,"她说,"我迷路了,最近才找到回欧帕的路。我还碰到一个同样迷路的白人,他发着烧,身体很虚弱,我一直照顾他,直到他身体恢复,因为我感觉他可能是你的朋友。"

"他叫什么名字?"泰山问道。

"韦恩·科尔特。"她回答说。

"韦恩·科尔特。"泰山笑了笑,"你为他付出那么多,他对你表示感谢了吗?"

"是的,他想陪我回欧帕,帮我夺回王位。"

"你喜欢他吗,拉?"泰山问道。

"我很喜欢他,但这种喜欢和我对你的喜欢不同。"

泰山怜惜地碰了碰她的肩膀:"拉,你还是没变!"他低声地说话。这时,他突然晃了晃脑袋,好像这样就能清除脑海中的忧思似的,转身朝着欧帕方向说:"来吧,女王归来了。"

欧帕有人暗中看到军队的到来,他们认出了拉、泰山、瓦兹瑞部队,还有人在猜测狮子是从哪儿来的,诺亚惊恐不已,杜吓得瑟瑟发抖,而娜奥讨厌诺亚,见他们来非常高兴,仿佛将一颗破碎的心重新拥入怀中。

诺亚是个暴君,而杜则是个软弱的傻瓜,欧帕城没有人再信任他们。欧帕城民窃窃私语,倘若诺亚和杜听到了,一定会被吓坏的。最终女祭司和士兵们之间也在小声低语。当泰山、杰达以及瓦兹瑞部队走进外边神庙的庭院时,不仅没有遭到阻挠,而且周围长廊里,黑漆漆的拱门处传来了求饶的声音,他们保证以后会全心全意效忠于拉。

他们靠近内城时,远处神庙里面突然传来一声巨响,还不时传来巨大的尖叫声,接下来就是一阵沉默。一行人走进王室时,这才发现声音的来源:地上一摊鲜血,躺着诺亚和杜的尸体,还有他们的走狗——六个男女祭司。他们都死了,王室空无一人。

拉——太阳神的高级祭司,重新夺回王位,成为欧帕古城的女王。

当晚,丛林之王泰山再一次在欧帕,用金色的盘子享用晚餐,年轻的女孩们,随即任职为女祭司,她们用鲜肉、水果和经年的美酒款待他们,这些酒年代久远,没人记得它已酿造了多少年,也没人记得种植用来酿酒的葡萄的葡萄园。

但泰山对这些都不怎么感兴趣,他很高兴自己能重新成为瓦兹瑞士兵的首领,带领着他们穿过欧帕平原,攀登峭壁。小奇玛坐在泰山棕色的肩膀上,狮子和他并排踱步,而他的身后跟着数百名瓦兹瑞士兵。

五个白人走过漫长、单调无味的路程,一路上风平浪静,他们向大本营走去,如今已疲倦不已,心情沮丧。兹弗里和伊维奇走在最前面,卓拉走在他们后面,罗梅罗和莫里并排,走在最后面。这么长的日子里,他们就一直保持这样的队形前行。

科尔特坐在其中一个帐篷里庇荫,黑人们则懒洋洋躺在另一个帐篷前,不远处,兹弗里和伊维奇映入眼帘。

科尔特站起身来,迎向前去,这时,兹弗里咒骂道:"你这该死的叛徒,我就是死也要杀了你。"说罢,他拿起手枪,对准手无寸铁的科尔特。

兹弗里朝科尔特开了一枪,子弹从科尔特身边擦过,他毫发无损,但兹弗里没来得及开第二枪,因为几乎在他开枪的同时,身后响起了枪声。他的手枪落在地上,他捂着后背,踉跄了几步。

伊维奇转过身去,惊呼道:"天哪,卓拉,你做了什么?"

"这件事我等了十二年,"女孩说,"我还是孩子的时候,就想这么做。"

科尔特跑向前去,捡起兹弗里掉在地上的手枪,罗梅罗和莫里也一路跑着过来。

兹弗里倒在地上,他恶狠狠地瞪着科尔特,怒吼道:"谁开的枪?我知道,肯定是那个该死的外国佬。"

"是我。"卓拉对他说。

"你?"兹弗里嘴里喘着气。

突然,她转身面向韦恩·科尔特,仿佛他才是唯一重要的人。"我不妨告诉你真相,"卓拉说,"我不是红军,从来就不是。这个人杀害了我的父亲、母亲、哥哥和姐姐,我的父亲——算了,不必说出他的身份,现在我为他们报仇了。"说罢,她恶狠狠地瞪着兹弗里,说,"过去几年,我有很多次杀你的机会,但我没有,我在等待时机,因为我不止要你的命,我还要打破你们这类人打算摧毁世界安宁的阴谋。"

兹弗里坐在地上,睁大了眼睛看着她,他的目光渐渐变得呆滞。突然,他咳嗽一声,鲜血从口里喷涌而出,接着他往后一倒,就这么死了。

罗梅罗走向伊维奇，突然，他拔出手枪，对着伊维奇的肋骨。"放下你的枪，"他说道，"否则死路一条。"

伊维奇吓得脸色惨白，放下手枪。他害怕极了，感觉自己的内心世界正在崩塌。

空地对面的丛林边，出现了一个身影，刚刚那会儿都没有人，他仿佛是悄悄凭空出现的。卓拉第一个觉察到他的出现，立刻认出了他，惊讶地叫了一声，其他人也顺着她的目光望去。他们看到一个棕色皮肤的白种人，他赤裸着上半身，腰间围着豹皮做的腰布。他走了过来，脚边跟着一只步伐轻盈、威风凛凛的狮子，一副丛林之王的神气。

科尔特问，"那个人是谁？"

"我不知道他是谁，但我在丛林迷路时，是他救了我。"卓拉回答说。

这个男人在他们面前停了下来。

"你是谁？"科尔特问道。

"我是人猿泰山，"他开口了，"我听到了一切，也目睹了这里的一切。"他用下巴指了指兹弗里的身体，接着说，"既然他已经死了，那么他的阴谋也就破产了，这位女孩公开表明了自己的身份，她和你们不是一伙的，我的人就在不远处扎营，我要带她过去，然后把她安全送回文明世界。而对于你们，我一点儿都不会怜悯，你们最好滚出丛林，我有言在先。"

"我的朋友，他们不是你想的那样。"卓拉说。

"你什么意思？"泰山问道。

"罗梅罗和莫里吸取了教训，在黑人们离开后的一次争吵中，他们俩公开表明了自己的立场。"

"这些我听到了。"泰山说。

她惊讶地看着泰山问道:"你听到了?"

"你们在军营讨论的大多数事情,我几乎都听到了,但我不知道这些事能否都应该相信。"泰山说。

"你应该相信他们说的,"卓拉向他保证,"我相信他们都是真诚的。"

"很好,"泰山说道,"如果他们俩愿意的话,可以一起跟我走,但这两个人必须自己想办法离开。"

"这个美国人除外。"卓拉说道。

"除外?为什么?"猿人质问道。

"因为他是为美国政府效力的特使。"卓拉回答说。

所有人看着她,包括科尔特自己在内,他们都震惊不已,"你怎么知道的?"科尔特问道。

"你刚来营地时送出的消息被兹弗里的间谍拦截了,那时我和你单独待在一起。现在你清楚我是怎么知道的吧?"

"是的,你说得很明白了。"科尔特说。

"这也是兹弗里说你是叛徒,还想杀你的原因。"

"那这个人呢?"泰山指着伊维奇,"他也是披着狼皮的羊?伪装成敌人的好人吗?"

"和大多数人一样,他没有自己坚定的立场,"卓拉说,"他是红军的一员,胆子比较小。"

泰山转向刚走上前来、站在他身旁的黑人听着他们的对话,满脸疑惑,他听不懂他们在说什么。"我知道你们的国家在哪,"他用自己的方言对他们说,"在驶向海岸线的铁路尽头附近。"

"是的,老爷。"一位黑人说。

"你们把这个白人带到铁路边去,确保他有足够的粮食,不要伤害他,然后让他离开这里,现在就带他走。"随后,他回头对剩

修复鸿沟 | 207

下的白人说，"你们都跟着我回营地去。"说罢，他转身，踏上来时的路，四个白人跟在泰山后面。虽然他们没有想到，泰山竟会有如此人性的一面，也从未意料到泰山竟如此宽宏大量，英勇无畏，足智多谋。

他们也没有想到过，泰山本性善良，经常保护身边的人。但这种保护欲并非源于他的人类血统，而是在和丛林野兽长期相处中习得的。这些品质丛林动物本身具备，而且比文明社会的人类发展得要更加完善。人类的高尚品质虽然尚存，但他们的贪婪和欲望却使这些品质黯然失色。

卓拉和科尔特一起走在后面。

"我还以为你死了。"卓拉说道。

"我也以为你死了。"他回应说。

"更糟糕的是，"她接着说，"我原以为，不论你是死是活，我都无法告诉你我心里的感受。"

"我也以为我们之间隔了一个巨大的鸿沟，我一直想问你一个问题，可我从不敢问你。"他低声回应。

她回过头，眼里溢满泪水，她的嘴唇在颤抖，"我也以为，要是你问我，无论是生是死，我都无法回答你的问题，无法告诉你我愿意。"她说道。

在路的转弯处，趁其他人看不见的时候，科尔特将卓拉拥入怀中，轻轻吻了她。